Bezonken rood

Bezoek ook: www.jeroenbrouwers.be

Jeroen Brouwers

Bezonken rood

Uitgeverij Atlas Contact
Amsterdam Antwerpen

Eerste druk, november 1981
Tweeënveertigste druk, september 2014

Omslagontwerp en -illustratie: Jos Bamps
Typografie binnenwerk: Elgraphic bv, Vlaardingen
Drukkerij Wöhrmann, Zutphen

ISBN 978 90 254 4053 4
NUR 301

www.jeroenbrouwers.be
www.atlascontact.nl

Er aber, in seiner gewöhnlichen Art, hüllte sich in Geheimnisse, indem er mich mit grossen Augen anblickte und mir die Worte wiederholte:

Die Mütter! Mütter! 's klingt so wunderlich! –

Johann Peter Eckermann, *Gespräche mit Goethe*

Zoek mij terwijl ik er ben. Leer mij kennen, omdat ik er ben. Ik ben er immers. En toch is zeker dat ik er niet ben.

Dodenlied (Zuid-Celebes)

'De wind, die eigenlijk alleen zo nu en dan maar eens komt neergestreken, voortdurend komende van en onderweg naar elders, maar nooit constant op één plaats bezig, draagt vlaagsgewijs nu eens verkwikkende, dan weer onverkwikkende geuren aan, en soms een wolk vlinders of libellen, maar ook wel soms een zwerm zwarte vogels, – en is hij weer voorbij, dan blijft nog geruime tijd alles in de tuin, wat maar bewegen kan en door hem is aangeraakt, in beweging.'

Deze mysterieuze volzin vind ik terug in een aantekenboekje van meer dan tien jaar geleden. Ik heb hem nooit in enige tekst kunnen gebruiken, maar na al die jaren zet ik hem hier maar neer. Ik weet nu dat deze zin een metafoor is:

hij zou in een rouwadvertentie of in een doodsbrief kunnen staan.

'De wind', dat is: iemands leven.

'Niets bestaat dat niet iets anders aanraakt.'

Het land ligt al weken in mist gehuld, op sommige plaatsen stapelt hij zich op tot een kasteel- of kathedraalachtig bouwwerk, er valt een nauwelijks waarneembare vochtigheid. Niets beweegt, alleen de mist: – we zijn in een periode van grijze rouw, we zijn halverwege de winter, eind januari, begin februari 1981.

In deze periode stierf opeens mijn moeder.

Ze had best nog tien jaar kunnen leven, ze zou ook tien jaar geleden al kunnen zijn gestorven.

Men vond haar in de vroege ochtend van dinsdag 27 januari dood op de vloer van het appartement in het bejaardentehuis dat ze de laatste tijd bewoonde.

Ik zou het adres waar ze woonde niet weten te vinden, ik weet ook niet hoe ze woonde, – ik kan mij niet herinneren hoe lang het geleden is dat ik haar voor het laatst heb gezien.

Ze moet van 'de bank' zijn afgerold, – ze lag voor die bank op 'het vloerkleed', maar ik ken haar interieur niet. Ze bezat klaarblijkelijk een bank. En een vloerkleed.

Toen men haar vond was ze al 'koud' en 'paars', – het is waarschijnlijk dat ze in de avond van de zesentwintigste januari is overleden. Uit het feit dat het televisietoestel in haar appartement uit was, heeft men afgeleid dat haar dood moet zijn ingetreden ofwel vóór de aanvang der programma's, danwel na afloop der programma's.

Men heeft de hele nacht het licht in haar appartement zien branden, maar daaraan geen speciale aandacht geschonken.

Ze lag op de vloer met een boterham in haar hand en met een hap daarvan in haar mond. Op die boterham zat kaas. Het gegeven van deze boterham lekte uit doordat een van de jonge verpleegsters van het bejaardentehuis het zich op een van de dagen na de dood van mijn moeder per ongeluk liet ontvallen. Zij heeft voor haar loslippigheid van de tehuisdirectie een reprimande ontvangen: zij had dat van die boterham niet mogen vertellen want 'de familie' zou allicht denken dat het tehuis haar bewoners niet genoeg te eten verstrekte en mevrouw Brouwers van ontbering was gestorven.

Bijtend in een boterham met kaas is mijn moeder dus gestorven, zo kan het voor de geschiedenis worden geboekstaafd, – terwijl niet meer kan worden geboekstaafd of het een witte of een bruine boterham was, en of het oude kaas was, of jonge, of belegen, of komijne–.

'Ze stierf eenzaam.'

Mijn moeder heeft haar man zeventien jaar overleefd. Diens portret stond op haar televisietoestel, dat weet ik uit een van de vorige huizen die ze heeft bewoond en waar ik haar nog wel eens heb bezocht. Ze heeft ook haar oudste zoon overleefd, die enige winters geleden ergens in de Verenigde Staten met een vliegtuig is neergestort.

Alles wat nog bij het Brouwersdom plaatsvindt, is, dat er gestorven wordt. Het getij verloopt, de dood is om het huis, – voor de zoveelste keer: laat ik mij toch haasten.

(Heel soms in de loop van de laatste jaren belde mijn moeder mij op, maar zei ze, zodra ik mijn naam had genoemd: 'Neemt u mij niet kwalijk, ik ben verkeerd verbonden.' Ik herkende haar stem aan de klank ervan en aan het Indische accent waarmee ze sprak, er zijn miljoenen moeders op de wereld en maar één ervan is de mijne. Voordat ik iets had kunnen terugzeggen verbrak zij de verbinding, en ik liet het erbij: – ik had de stem gehoord van een moeder die verkeerd was verbonden met haar zoon.)

('Kwaak kwaak!')

Ik vernam het bericht van haar dood telefonisch, om plusminus half negen in de ochtend: het telefoongerinkel scheurde mij weg uit een mistig of schemerig stadje waar ik liep, zes à zeven jaar jonger dan ik nu ben, er was een geliefde bij mij die zei: Het stalletje van Bethlehem, Het huisje van Nazareth... – er rinkelde een belletje, dat was de telefoon.

Ik stond naakt en huiverend aan het grote huiskamerraam met de hoorn aan mijn oor, hand aan mijn geslacht. (Die geliefde heette Liza.) De mist stond tegen het raam, maar ik ken het uitzicht uit mijn raam zo goed dat ik, alsof er geen mist was, mijn ogen vestigde op de plaats in de verte waar de bossen beginnen. In gedachten was ik in die bossen: ik zag mezelf daar aan een water staan.

Ik dacht: wat was er gisteren op de televisie te zien waarvan mijn moeder misschien nog net kan hebben zitten genieten?

Zij leed aan de ziekte van Parkinson: – als ze naar de televisie zat te kijken beefden haar hoofd en haar handen, haar mond viel open en haar tong kwam voor haar kin te hangen. 'Dat was heel zielig om te zien.' Ik heb het nooit gezien, want ik wilde het niet zien.

Verder dacht ik niets, – wat niet hetzelfde is als: verder dacht ik er niet aan. Beter is, te schrijven: ik *voelde* niets.

Ik ben niet in mijn auto gesprongen om naar mijn dode moeder toe te rijden. Zo laf wilde ik niet zijn, nadat ik de laatste jaren ook nooit naar haar toe ben gereden terwijl ze nog leefde.

Bij haar crematie, een paar dagen later, ben ik evenmin aanwezig geweest.

Opgebaard in een kist in de kelder van het bejaardentehuis had mijn moeder haar 'mooiste jurk' aan. Dat was, zo heb ik mij nauwkeurig laten beschrijven, een jurk in blauwe en zachtlila tinten, met hier en daar wat beige erdoorheen, niet zozeer gebloemd, maar wolkachtig van motief.

Zij had in die kist 'haar bril' op, – waarbij ik mij niets kon voorstellen, ik wist niet dat mijn moeder een bril droeg.

Het 'paars' was geleidelijk aan van haar gezicht weggetrokken, iedere dag leek ze ook 'mooier' te worden, en zelfs 'jonger', ze lag er bij 'of ze sliep'.

Zij lag daar 'rustig', haar handen op haar borst gevouwen.

Sommige leden van de familie vonden dat er een rozenkrans tussen haar vingers moest worden gevlochten, andere vonden van niet.

In de loop van de dagen tussen de dood en de crematie van mijn moeder heb ik in al mijn boekenkasten gezocht naar een boekje waarvan ik toen nog zeker wist dat ik het bezat, maar dat ik niet meer blijk te bezitten. Te vaak verhuisd en daarbij boeken kwijtgeraakt, gaandeweg te cynisch geworden en mijn liefde voor boeken verloren, te vaak te veel dingen uit mijn verleden verbrand zogenaamd uit onsentimentaliteit, zogenaamd uit afschuw voor dat verleden.

Dat boekje is *Daantje gaat op reis*, geschreven door Leonard Roggeveen. 'Stap-stap-stap. Daar gaat Daantje...'

Ik wenste mijn moeder te gedenken in het beste dat ze mij heeft meegegeven: – mijn moeder heeft mij, uit dàt boekje, uit dàt alsnog verloren gegane vooroorlogse exemplaar, dat was bevlekt, besproet, verkreukeld en gescheurd, leren lezen. In Indië, in het Jappenkamp, begin van de jaren veertig. Ik kreeg het boekje op mijn vijfde verjaardag.

Gezeten aan mijn schrijftafel had ik, op het moment dat mijn moeder tweehonderd kilometer verderop in de vuuroven verdween, te harer ere, hardop uit dat boekje willen voorlezen, om haar daarmee mijn hommage te brengen, zoals ik het goed dacht te doen.

Dat mijn moeder haar leven lang zo moedig is geweest, zei iedereen, staande bij haar kist. Haar niet te verwoesten optimisme, haar vrolijkheid, dat ze altijd lachte.

Van mij zal dit alles niet kunnen worden gezegd. Ik ben niet optimistisch, ik ben ook niet vrolijk, en wil ik lachen zoals (dat is waar) mijn moeder altijd lachte moet er wel iets èrg leuks gebeuren of worden opgemerkt. Ik lijk wat dat betreft niet op haar, – en zo moedig als zij was, ben ik ook niet, ik ben integendeel eigenlijk nogal bang, sterker: bij tijd en wijle ben ik halfkrankzinnig van angst (om *onbestemde* dingen die mij *opeens* 'bedreigen'). Soms is mijn angst zo erg dat het mij voorkomt dat mijn gezicht op een papperige manier vloeibaar is geworden en bezig is in klodders van mij af te druipen, – na de angstaanval is het of ik een ander gezicht heb gekregen en ik mijn eigen vertrouwde spiegelbeeld niet zal herkennen.

De angst- en emotiedempers die ik tot mij neem

dragen poëtische namen, bij voorbeeld 'Seresta Forte'. De farmaceutische industrie heeft het zo geregeld, dat tot de bijverschijnselen van deze soort antipsychotica behoort, dat de consument ervan, nadat de pil is uitgewerkt, wordt bezocht door nieuwe angsten, die worden veroorzaakt door het middel zèlf. Zo raakt men aan zijn angst verslaafd, – zo blijft men binnen de grauwe doolhof.

Laat ons bidden.

Met de hoorn aan mijn oor, hand aan mijn geslacht, dacht ik: ik hoor dat mijn moeder dood is terwijl ik precies zo naakt ben als toen ik bijna eenenveertig jaar geleden uit die moeder werd geboren. Volgens literaire maatstaven is dit kitsch, maar ik dacht het.

Ik begon onmiddellijk over mijn hele lichaam te beven, – niet van kou. Ook niet van ontroering of verdriet, er zijn gestorvenen in mijn leven van wie ik méér heb gehouden dan van mijn moeder. Ook levenden zijn er nog in mijn leven van wie ik méér houd dan ik ten slotte van mijn moeder heb gehouden. Wat mij had overvallen was: *angst.*

Ik ging op de bank zitten die bij de telefoon aan het raam staat en strekte mijn hand uit naar het plastic pillenkokertje, naast de telefoon, op de vensterbank.

Van 'Seresta Forte' gaat het beven over en de angst verdwijnt voor enige tijd. 'Dit geneesmiddel kan de rijvaardigheid beïnvloeden.' Men wordt door zo'n pil uit zichzelf weggeleid, het hersenapparaat wordt toegedekt of afgeschermd als door compacte mistproppen, men komt in een staat van onbewustheid die men zichzelf op een slaperige wijze toch bewust blijft, al is denken na een paar minuten niet meer mogelijk: dit is misschien de staat waarin men leefde toen men een kleuter was.

Men kan ook vijftig van deze pillen tegelijk nemen en, om helemáál zeker te zijn van altijddurende angstloze onbewustheid, die vijftig pillen ook nog doorspoelen met een hele liter jenever: – in zijn woning te Exel in de Achterhoek is onverwacht 'op tragische wijze' overleden de schrijver van het boek *Het verzonkene.*

Door het beven van mijn handen stortte de inhoud van het pillenkokertje, nadat ik het dekseltje ervan had afgeschroefd, zich volledig over mij uit. Een deel van de pillen kon ik opvangen in de kom van mijn haastig tegen elkaar geklapte dijen, waar ze op mijn geslacht vielen, de rest van de pillen danste over de rode plavuizen en het vloerkleed in alle richtingen weg.

Ik nam niet een handvol pillen, ik nam één pil. Ik stond op om in de keuken de pil door te spoelen, niet met jenever, maar met water. Het is mijn tijd nog niet en zeker niet wil ik gelijktijdig met mijn moeder, aan haar hand, de grote oversteek maken.

Toen ik even later opnieuw aan het huiskamerraam stond, voelde ik de rust en de onverschilligheid in mij dalen. Ik zag dat ik al uit mijzelf was weggeleid: aan de andere kant van het raam, op minder dan een meter van mij vandaan, stond misschien mijn andere, mijn door angst bevangen ik, – in ieder geval stond daar een naakte vent in de mist, wiens gezicht uit brij-achtige viscositeit bestond die bezig was in klodders van hem af te druipen. Deze gestalte keek mij recht in mijn ogen zolang ik hem recht in zijn ogen keek, – toen hierna onze ogen wegdwaalden, vestigden de mijne zich op de haarbos op zijn onderbuik en ik glimlachte even, want wat ik zag mocht min of meer grappig worden genoemd: in zijn schaamhaar waren een paar witte pillen verstrikt geraakt en blijven hangen.

Gelijktijdig deden hij en ik een paar stappen terug, waarbij ik hem aan de andere kant van het raam achteruitlopend in de mist zag verdwijnen.

Zes à zeven jaar jonger dan ik nu ben was ik 'verdwaald in het diepst van het woud, de rechte weg geheel verloren': mijn leven bestond uit zwalken, hierheen daarheen, permanent in staat van halfdronkenschap uit afkeer van het leven en uit verlangen om er niet te zijn.

Op een zomeravond, in een café in het stadje ***, waar ik toevallig was aangespoeld, ontmoette ik Liza, of Liza ontmoette mij. Ze had een vriendelijk, zachtaardig en schrander gezicht, – ze had pastelkleurige, gaasachtige kleren aan die ritselden bij iedere beweging die ze maakte.

'Zullen we dan nu maar met elkaar naar bed gaan?' Na een uurtje zei ik dit, of Liza zei het, – het is de achteloze taal van die jaren, na 'de revolutie': de taal van de dodelijke verveling, de verbitterdheid en de illusieloosheid.

Twee of drie dagen ben ik bij haar gebleven, en toen begaf ik mij weer 'op weg', in mijn auto, alleen, op zoek, Liza vergetend, en allengs alles omtrent haar vergetend, zelfs haar naam, – maar heel soms kwam wel dat stadje nog in mijn gedachten terug: dat het was versierd met vlaggen en vanen, groen, bloemen, tapijten en rustaltaren.

Van 'zwalken' en 'aanspoelen' is thans geen sprake meer, ik heb mijn onderkomen gevonden en laatst bracht mijn vrouw nog een dochtertje ter wereld, ongeveer op de stip des tijds dat ik, uit walging niet bij de geboorte aanwezig, in de spiegel keek en van angst mijn gezicht niet herkende. Ik zag dat in de haardos die ik vroeger bezat het vel van mijn schedel doorschemert, en dat in het haar dat mij nog rest witte strepen blijken te zijn ontstaan. Nog even, en ik zie in de spiegel het portret van mijn vader, zoals het zeventien jaar lang vanaf zijn plaats op het televisietoestel mijn moeder heeft aangekeken.

Alle decorstukken en coulissen waartussen mijn leven verstrijkt staan waar en zoals ze moeten staan, – mijn leven is ongeveer aan het einde van het tweede bedrijf, vlak voor de pauze. Ik waak er angstvallig voor dat die decorstukken en coulissen blijven staan waar en zoals ze staan: valt één ervan om, vallen ze allemaal om en verpletteren mij.

Ongeveer een maand voor de dood van mijn moeder, omstreeks kerstmis, was ik opnieuw in het stadje ***, en ontmoette ik Liza, of ontmoette Liza mij, na al die jaren opnieuw. Ik was op een feest: in het vertrek vol vrolijke lachende drinkende mensen waar ik mij bevond, bevond zij zich opeens ook, –

het moment dat ik haar zag was het moment dat zij mij zag. Ik herkende haar met mijn hele lichaam: ergens in mijn hoofd werd een filmprojector aangezet en in twee seconden was de film die ik dacht volstrekt te zijn vergeten voor mij afgedraaid. Tussen het gewemel van feestelijk aangeklede lichamen door kwam Liza naar mij toe als door een versierde stad vol flapperende vlaggen (Liza lachend; Liza starend aan het raam van haar appartement, ze woont boven een klokkenwinkel; Liza naakt en hoe ik haar streel; Liza meelopend in een optocht; alles in kleur, – een kleine, onbelangrijke gebeurtenis in mijn leven, maar zes of zeven jaar later veroorzaakte het gerommel achter de coulissen en zag ik de decorstukken wankelen). Terwijl mijn gezicht nog lachte voelde ik een groot, door spijt gevoed, verdriet in mij ontstaan: om mijn nonchalance van jaren tevoren, om die jaren zèlf die zo vol van leegte waren geweest, en om mijzelf, omdat ik ben zoals ik ben.

Ouder geworden alle twee, zeiden we tegen elkaar. Maar zij is altijd nog jaren jonger dan ik ben.

Het ritselen van haar kleren en de klank van haar stem.

Jij bent een hele beroemdheid intussen, zei zij tegen mij. Ja, zei ik.

Waar is je belletje? vroeg ze, met dat lachje van haar. Weg, zei ik, ik ga tegenwoordig geluidloos door het leven. En jij?

Wat ik?

Ben jij nog altijd schooljuffrouw? Ja, zij was nog altijd schooljuffrouw.

Verder niet veranderd, zeiden we van elkaar, al was dat natuurlijk onjuist. Wat mij betreft, nietveranderd zijnde ben ik totaal veranderd, ik woon nog in hetzelfde lichaam dat gelijktijdig *niet* meer hetzelfde lichaam is.

Belletje?

In de dagen dat Liza en ik elkaar voor het eerst ontmoetten droeg ik onderaan mijn rechter broekspijp, op de buitenenkel, een zilveren belletje, – zómaar, stap-tingeling-stap, Daantje op de versiertoer.

Zó ben ik nu niet meer. Die broek zou mij nu in verschillende opzichten niet meer passen.

Overigens zeiden we niet zo veel, maar het was duidelijk dat we aan hetzelfde dachten (Toren van David, Ivoren toren, Gouden huis, Deur van de hemel) en dat we maar hetzelfde tegen elkaar hadden hoeven te zeggen als jaren tevoren, om elkaar dan bij de hand te nemen en het feest te verlaten en

Maar ik ben de drama's beu die zich vroeger tussen mijn decorstukken en coulissen hebben afgespeeld.

'Het beste dat mensen elkaar kunnen toewensen is: dat ze niet van elkaar zullen gaan houden.' (Ik, in een interview.)

Maar niets bestaat dat niet iets anders aanraakt.

Hoe komt het dat ik ben zoals ik ben?

De dagen na de dood van mijn moeder dacht ik aan mijn moeder èn aan Liza, in dezelfde mate hartstochtelijk onhartstochtelijk: met weerzin om rouwgevoelens te koesteren voor de een en verliefdheidsgevoelens voor de ander en ook wel beide gevoelens gelijkertijd. Deze gedachten en gevoelens irriteerden mij en maakten mij bang, – ze stoorden mij bij mijn werk (ik schreef een boek over zelfmoord in de Nederlandstalige literatuur, ik schreef het hoofdstuk over de Nederlandse schrijver-zelfmoordenaar Jacob Hiegentlich), tijdens het eten (ik kreeg geen hap door mijn keel van het zuchten), en in mijn slaap (ik droomde van beide vrouwen, soms op hetzelfde ogenblik, in dezelfde droom).

Laat mij met rust. Ik ben er niet. Doe geen beroep op mij.

Ik *voel* niets en ik *wil* niets voelen.

In de mist. Bevend geschreven. De dood gaat mij niet aan. Het leven gaat mij niet aan. Laat ook mij maar eenzaam sterven, – wat maakt dat in godsnaam uit?

Die dagen, in de stilte van mijn huis, drukte ik soms de hoorn van het telefoontoestel tegen mijn oor en riep ik zo hard als ik kon tegen de zoemtoon:

'Kwaak kwaak!'

Ik heb mijn ouders nauwelijks gekend, ook dat is al door mij geboekstaafd, de uitverkoop van mijn leven is bijna geëindigd, mijn werk is nu spoedig voltooid. Laat ik mij niet cynischer voordoen dan ik ben, en beslist ook niet sentimenteler, – maar mijn moeder heb ik in ieder geval *toen* gekend, in die oorlogsjaren in het Jappenkamp, waar ze mij heeft leren lezen.

Dat kamp heette Tjideng. Het was het kamp van de zeer gevreesde, zeer beruchte commandant de Japanse kapitein Kenitji Sone; in 1946 werd hij als oorlogsmisdadiger geëxecuteerd; ik herinner mij hem; hij persoonlijk heeft mijn moeder afgeranseld en met zijn bespoorde laarzen getrapt en ik persoonlijk heb dat gezien.

'Dat zij koninklijk was.' 'Ze sloegen mijn moeder tot ze als dood bleef liggen.' 'Mijn moeder was de mooiste moeder, op dat moment hield ik op van haar te houden.' Zo is het door mij geboekstaafd, zoals ook door mij is geboekstaafd: 'Ik ga haar, als ze eerdaags komt te sterven, niet mee begraven.'

Het vrouwenkamp Tjideng, waarin ook jongetjes van beneden de tien jaar werden ondergebracht, en waarin ik met mijn grootmoeder, mijn moeder en mijn zus heb verbleven, was een met rietmuren, wachttorens en prikkeldraad afgezette wijk van Batavia. In de stenen huizen aldaar leefden de duizenden geïnterneerde Europese vrouwen met hun kinderen op oppervlakten van enkele met de liniaal bemeten vierkante meters, die ze bereid waren desnoods met hun bloed te verdedigen: ook de vensterbanken van die huizen werden bewoond, ook de drempels, ook iedere afzonderlijke traptrede, de veranda's, de gangen, zelfs de lucht in die huizen werd bewoond, – wie een hangmat bezat woonde tussen de overal aanwezige waslijnen vol gore versleten kledingstukken.

In een van die huizen, Tjitaroemweg 7, woonden wij met nog een tiental andere personen in de keuken, – wij bewoonden de aanrecht. Mijn moeder sliep op die aanrecht, en mijn grootmoeder, mijn zus en ik sliepen er in: mijn grootmoeder op de plank die het inwendige van de aanrecht in een boven- en een benedenhelft verdeelde, mijn zus en ik 'gelijkvloers', onder de slaapplaats van mijn grootmoeder.

De honger, de ziekten, het lijden, de dood. En het vele overige.

De geschiedenis van die Japanse kampen dreigt verloren te gaan, want wie het hebben meegemaakt hebben erover gezwegen, en wie het zwijgen hebben doorbroken hebben dit te laat gedaan: toen hun verontwaardiging en haat waren verzacht en zelfs verdwenen en toen zij al de dood waren gestorven die genaamd is: mildheid.

Ik heb niet anders meegemaakt dan dat later over die Japanse kampen door wie die hel hebben doorstaan met de stemklank van *vertedering* en zelfs met die van *heimwee* werd gesproken, – zodat mede hierdoor bij buitenstaanders de indruk heeft kunnen ontstaan 'dat het allemaal wel niet zo erg zal zijn geweest'. De literatuur over die Japanse kampen is zwak en bestaat overwegend uit relativeringen uit angst voor huilerigheid en pathos.

Helaas, *ik* kan die kampengeschiedenis niet schrijven, al heb ook ik mijn Tjideng achter de rug, – ik deins niet terug voor pathos en schaam mij niet voor tranen, maar ik was in die tijd een egoïstische levenslustige kleuter, ik heb geen honger gehad (want mijn moeder, vriendelijke pelikaan, liet mij van háár rantsoenen méésnaaien), ik ben niet ziek geweest, ik heb niet geleden. Wel weet ik het mijne van de dood in die kampen, en van het vele overige, – maar ik heb daaromtrent nauwelijks recht van spreken, ik breng het hier te pas om een àndere reden, laat ik zeggen om reden van 'octaviteit'.

In een vierdelig werk, getiteld *Onderdrukking en verzet. Nederland in oorlogstijd*, wordt een, al te beknopt, hoofdstuk gewijd aan 'De Japanse bezetting van Indonesië', – de schrijver van dit hoofdstuk heet D.M.G. Koch.

Ik lees: 'In het berucht geworden Tjideng-kamp werden tienduizend vrouwen, onder wie de echtgenote en de dochter van de gouverneur-generaal, opgesloten.'

Onderhavige gouverneur-generaal was A.W.L. jonkheer Tjarda van Starkenborgh Stachouwer, – dit is een naam als een drieluik.

Mijn moeder heette Henriette Maria Elisabeth van Maaren en zij was de moeder van Jeroen Brouwers en zij zat dus ook in dat Tjideng-kamp. Toen zij er na jaren uit werd bevrijd was zij niet meer dezelfde als die zij was voordat zij er in werd opgesloten.

Mijn moeder was toen vijf-, zes-, zevenendertig jaar; ze was toen langer dan twaalf en een half jaar getrouwd; ze had toen drie zonen en een dochter.

Haar man verbleef in diezelfde tijd als krijgsgevangene in Japan, haar twee oudste zonen waren ouder dan tien jaar en zaten in mannenkampen elders op Java (– zo bleek later: mijn moeder heeft al die tijd niet geweten waar haar man en oudste kinderen zich bevonden, en zelfs niet of ze nog leefden).

Mijn grootmoeder, de moeder van mijn moeder, de echtgenote van De Grote Van Maaren, de componist, was ziekelijk, – háár herinner ik mij ten slotte alleen nog maar liggend op haar plank in de aanrecht, met de dag dunner, geler en gevlekter, met de dag ook kouder, hoewel buiten de zon stond te daveren en de hitte met bakken neerviel. Om de beurt moesten mijn zus en ik 's nachts bij haar slapen om haar lichaam te warmen, maar zij heeft het niet gered, – net als haar componist is ze in een Jappenkamp gestorven.

Opeens was mijn moeder ook haar enige dochtertje kwijt: die kreeg dysenterie en werd vanwege het besmettingsgevaar van deze ziekte opgeborgen in wat werd genoemd 'het kampziekenhuis', waar het omtrent ieder die er werd binnengebracht zekerder was dat zij er niet levend meer uit zou komen dan dat zij er zou genezen. (Mijn zus genas. Toen zij in 1945 acht jaar oud was, paste zij nog altijd in hetzelfde jurkje dat zij al droeg toen zij vier was.)

En ook ik werd van mijn moeder afgenomen, danwel mijn moeder werd van mij afgenomen, – ik was voor haar het laatste dat zij ten slotte nog bezat, zoals zij voor mij het laatste was dat ik ten slotte nog bezat, – ik ben het mij niet bewust geweest, toen.

Dat het *aller*laatste dat wij bezaten ons eigen leven was, – voor mijn moeder moet dat minder belangrijk zijn geweest, en ik leefde nog te kort om te weten wat leven is.

Tot de psychologische foltermethoden van de Jappen in het Tjideng-kamp hoorden de periodiek, maar altijd onverwacht, terugkerende razzia's, waarbij alle kinderen van het mannelijke geslacht, die dus eigenlijk niet in dat vrouwenkamp thuishoorden, uit de huizen werden gehaald en van hun moeders werden gescheiden. Die jongetjes, waarvan ik er één was, werden in een rij het kamp uit gedirigeerd en elders ondergebracht, soms dagenlang, terwijl intussen in het vrouwenkamp geruchten werden verspreid als zouden de jongetjes zijn doodgeschoten, of per schip zijn afgevoerd naar een der andere eilanden van de Indische archipel waar zich een apart kamp voor jongetjes van beneden de tien jaar zou bevinden, – 'De kinderkaravaan'.

Van deze expedities zelf herinner ik mij niets, tenzij ik mij herinner dat wij jongetjes slechts werden 'ingezet' om ergens grassprieten tussen straatklinkers uit te trekken, of mij herinner dat er takjes gesprokkeld moesten worden, of kakkerlakken en andere kleine ongedierten gevangen moesten worden, – dat wij dus 'kinderwerkjes' moesten doen, – maar ook zou ik mij kunnen herinneren dat ik op de knie van een Japanse soldaat zit en een trekje van zijn sigaret mag nemen.

Wat ik mij er in ieder geval van herinner is, dat ik van mijn moeder werd afgescheurd, zoals een vrucht die nog niet rijp is van de tak waaraan hij hangt niet wordt geplukt, maar gerukt, – waarvan dan alle bladeren van de boom onrustig ritselen.

Ik droeg in die kampjaren de afgedragen tropenhelm die van mijn beroemde grootvader was geweest. Met dit hoofddeksel getooid paradeerde ik door het Tjideng-kamp. Stap-stap-stap.

Wie op zijn weg door het kamp een Japanner tegenkwam moest in de houding gaan staan en buigen, – bij dit verplichte eerbewijs voegde ik vrijwillig het mijne: ik nam er ook nog met een brede zwaai mijn hoed bij af en zei met ferm stemgeluid: Tabé toean. Deed ik dit als ik aan de hand van mijn moeder liep, gelijk met haar voor de passerende Japanse soldaat mijn hoofd naar het stoffige wegdek buigend, dan reageerde zij hierop met een nijdige ruk aan mijn arm of, als de ceremonie voorbij was, zelfs met een klap tegen mijn kop waar mijn hoed van afvloog.

Aan die hoed, meedobberend tussen de hoofden van de andere jongetjes die van hun moeders gescheiden waren geweest, zag mijn moeder al vanuit de verte dat ik mij weer tussen de terugkerende kinderen bevond. Ik bevond mij nooit *niet* tussen de terugkerende kinderen. Altijd, in toestanden van chaos, verplaatsingen, appèls, gedrang van lichamen waarin ik verloren raakte, vond mijn moeder mij terug dankzij mijn hoed.

Ook voor mijn moeder tilde ik de hoed van mijn hoofd als ik haar tegenkwam, als zij en ik elkaar weer hadden teruggevonden: Tabé njonja. Nooit dat ik mijn moeder *niet* terugvond tussen de duizenden vrouwen in dat kamp, die duizenden moeders, waarvan er maar één de mijne was.

Alles wat gebeurde liet mij onaangeraakt, toen. Alles wat gebeurde vond plaats met de vanzelfsprekendheid waarmee in een kleuterleven de dingen nu eenmaal plaatsvinden.

Ook nam ik de hoed voor mijn moeder af om er ten afscheid mee naar haar te zwaaien als er weer zo'n razzia was geweest en de jongetjeskaravaan zich in beweging zette. Ik herinner mij dat zij bij een van die keren, nadat ze eerst een eindweegs naast de rij had meegelopen om mij van alles toe te schreeuwen, door een Japanse militair werd tegengehouden en zij aan de kant van de weg onbeweeglijk in de houding moest blijven staan. Ik hoor nòg wat ze mij toeschreeuwde: – dat ik *voorzichtig* moet zijn, dat ik ervoor moet zorgen dat ik bij haar terugkom, dat ik mijn naamplaatje niet moet verliezen. Gelijktijdig zie ik haar daar nog staan met die kerel naast haar, die zijn geweer met bajonet naar haar houdt uitgestoken: zij is zo mager dat zij op een met huid bespannen skelet lijkt, – in 1945 woog zij minder dan veertig kilo, – zij heeft een gescheurde jurk aan, zij heeft een gebloemde doek om haar hoofd, uit schaamte, om te verbergen dat ze door de kampbewakers is kaalgeschoren.

Ook mijzelf zie ik nog. Wat ik toen aan had: een hansop met daarop grote rode, blauwe, roodblauwe, purperen ballen, – een kledingstuk dat ik die hele kamptijd heb gedragen en dat ik thans, ik weet het zeker, zou terugherkennen als ik het zou moeten zoeken in een optasting van afgedragen lompen zo hoog als de hoogste berg van Java. Meer dan deze hansop (in het Maleis geheten 'tjelana monjet', 'broek van een aap') had ik niet aan, geen ondergoed, niets aan mijn voeten. Wel nog die hoed had ik aan, die de omtrek had van de reusachtige schedel van mijn grootvader, zodat ik in de bol ervan met mijn hele hoofd kon wonen. De afstand tussen mijn moeder en mij werd groter met iedere stap die ik zette, en ten slotte verdween mijn moeder: de rij van jongetjes was een straathoek omgegaan, de rij van jongetjes had het kamp verlaten en de rieten kamppoort werd gesloten, – maar voordat zij verdween had ik mijn hoed afgenomen om ermee naar haar te zwaaien. Dag, dahag, tabé mama!

Het stamt uit die tijd, bijna veertig jaar geleden nu, dat mijn moeder en ik, zo lang als wij elkaar zijn blijven ontmoeten om daarna afscheid van elkaar te nemen, dit afscheid bezegelden met een bepaalde Maleise zegenwens. Als jongetje van vier, of vijf, nam ik, terwijl ik nog eens omkeek naar mijn moeder die achterbleef aan de kant van de weg en ikzelf door de jongetjes om mij heen werd voortgeduwd en meegesleurd, mijn hoed af en schreeuwde naar haar zo hard als ik kon: Ketemoe lagi mama!

De woorden 'ketemoe lagi' had ik gehoord uit de mond van onze baboe Itih toen zij huilend afscheid nam van mijn moeder voordat mijn moeder in de vrachtwagen verdween die haar en haar jongste kinderen naar het kamp zou brengen.

Op het gezicht van mijn moeder kwam eerst een trek van verbazing toen ze mij haar deze woorden hoorde toeschreeuwen, – veel te plechtig, veel te parmantig waren deze woorden, klinkend uit de mond van een kleuter, – maar daarna lachte ze, zodat ik voor de rest van mijn leven wist: als ik 'ketemoe lagi' zeg, moet mijn moeder lachen.

De woorden betekenen méér dan 'vaarwel', – ze betekenen: 'heb het goed of wees gelukkig daar waar je bent of heengaat of zult verblijven'.

Het zijn heilige, bezwerende codewoorden geworden tussen mijn moeder en mij, die tot enige jaren voor haar dood honderden keren afscheid van elkaar zijn blijven nemen, omdat wij beiden waren zoals de wind die eigenlijk alleen zo nu en dan maar eens komt neergestreken, voortdurend komende van en onderweg naar elders, – en tot de laatste keren dat wij de woorden tegen elkaar zeiden hebben wij erbij gelachen, al was het ten slotte alleen nog maar met onze ogen, en zou het passender zijn geweest als wij er ten slotte één keer bij hadden gejankt.

Hetzelfde verhaal nu, in een ander octaaf:

Na de oorlog, als we naar Nederland zijn gerepatrieerd, verdwijn ik vrijwel onmiddellijk voor de rest van mijn kinder- en jongensjaren in door kloosterlingen geleide pensionaten, – want mijn kampervaringen en andere gebeurtenissen in het naoorlogse Indonesië hebben mij 'verwilderd', mijn 'levensbesef' is 'immoreel', ik heb geen 'gevoel' voor wat 'deugt' en 'niet-deugt', en ik erken geen enkel gezag.

(Inderdaad, ik ben in die tijd onmetelijk gelukkig: nooit bang, nooit ten prooi aan twijfel, nooit bedroefd.

Men had mij zo moeten laten, ik zou het ten minste tot paus of minister-president hebben gebracht en mijn ouders zouden *trots* op mij zijn geweest.)

Als ik bij het pensionaat word afgeleverd draagt mijn moeder een grijze sombrero-achtige hoed met een voile, die de hele tijd op de rand van die hoed heeft gelegen, maar die voor haar gezicht valt als zij zich naar mij overbuigt om mij een afscheidszoen op mijn mond te geven, – dit 'voorval' is tekenend voor de rest van mijn leven: wij kussen elkaar door een traliewerk van spinneweb.

Het traliewerk tussen mij en het verraderlijke vrouwendom is nooit meer opgetrokken, – mijn haat jegens moeders siert sedertdien mijn 'levensbesef'.

Dat ik *gezeglijk* moet zijn, dat ik over vijf weken alweer voor een weekend naar huis mag komen en dat vijf weken zo voorbij zijn, dat ik mijn mapje met belangrijke persoonlijke papieren ('Doopbewijs', 'Bewijs van Nederlanderschap', koffiebonnen, suikerbonnen) niet moet verliezen.

Ketemoe lagi mama!

Ik krijg mijn plaats in de rij van andere pensionaatsleerlingen, die tegen mij opbotsen als het bevel tot lopen is gegeven dat ik te laat heb begrepen, – ik kijk naar mijn moeder: aan de grens van de speelplaats, onder kastanjebomen, die op alle speelplaatsen van alle jongenspensionaten zullen blijken te staan, wisselt zij lachend (zoals zij kon lachen) enige woorden met de kloosterling die het bevel tot lopen heeft gegeven. Die kloosterling draagt een meterslange rozenkrans aan het koord om zijn middel. Ik stel mij voor dat er met zo'n rozenkrans flinke meppen kunnen worden uitgedeeld. Ik begrijp het principiële verschil niet tussen een Japanse kampbewaker en zo'n kloosterling. Ook begrijp ik het verschil niet tussen deze rij waarin ik dan maar begin mee te lopen, anno 1950, ik ben intussen tien jaar oud, en de rij waarin ik amper vijf jaar eerder nog meeliep, óók van mijn moeder vandaan, – maar toen nog met de hoed op mijn hoofd waaraan zij mij onmiddellijk tussen de andere jongetjes terugherkende, terwijl ik nu die hoed niet meer draag en ik aan haar ogen zie, die zoekend langs de rij gaan, dat ze mij nu niet meer tussen de andere jongens opmerkt. Wel begrijp ik het verschil tussen deze moeder en de moeder van amper vijf jaar eerder: *deze* moeder verraadt mij,

– waarom heeft men haar in het Jappenkamp niet doodgeslagen?

Mijn moeder en ik nemen jaar in, jaar uit afscheid van elkaar op winderige perrons, terwijl de trein met schreeuwende remmen tot stilstand komt, terwijl de trein met mij erin begint te rijden, terwijl de trein uit de overkapping van het station de donkerte in rijdt en dan onmiddellijk een bocht beschrijft zodat mijn moeder, die met een zakdoekje staat te zwaaien, even onmiddellijk achter het gestamp van de wielen verdwijnt.

Wij roepen elkaar iets toe dat niemand anders begrijpt.

Wij lachen.

Ik laat mij niet kennen.

Daantje gaat op reis.

Gaande de jaren brengt mijn moeder mij niet meer naar het station.

Mijn ouders zijn in een huis komen wonen aan de achterzijde waarvan de trein langs rijdt. Ik in die langsrijdende trein kan, minder dan een seconde lang, mijn moeder op een van de bovenverdiepingen aan het verlichte raam zien staan, zwaaiende met een handdoek, – maar ik til er niet eens mijn hoofd voor op: ik zit te lezen.

Dat zij maar sterft, dat wijf, – dat haar sentimentele geweten sust door op steeds grotere afstand met een steeds grotere lap textiel naar mij te zwaaien.

Tussen de schone was in mijn koffer heeft zij kilozakken toffees, pakken koekjes en repen chocolade gepropt, – precies zoals ikzelf, later, de door mij verlaten kinderen uit mijn eerste huwelijk niet anders zal weten te verblijden dan door hen bankbiljetten toe te frommelen voordat ze goddank weer voor maanden uit mijn leven verdwijnen.

Waar, wanneer, van wie had ik dat moeten leren: 'iets voelen'?

Voor mij was mijn moeder toen al dood, vanaf toen heb ik eigenlijk nooit meer intensief aan haar gedacht.

Ieder jaar omstreeks haar verjaardag deed ik een

geldbedrag op haar bankrekening overschrijven, en dat was dan dat.

Die toffees heb ik haar terugbetaald, en dat zij mij heeft leren lezen heb ik haar terugbetaald door zelf boeken te schrijven die zij zou hebben kunnen lezen, – maar zoals zij mij, terecht, niet placht te bedanken voor het geld dat ik haar stuurde, zo heeft ze nooit één door mij geschreven volzin gelezen, en ook dat was dan dat: zij loste liever kruiswoordraadsels op, ik heb haar dáárin nooit ongelijk gegeven.

Al dat afscheid nemen is er de oorzaak van geworden dat mijn moeder en ik ten slotte voorgoed verkeerd verbonden raakten, en ik heb leren leven met het traliewerk tussen mij en haar, en tussen mij en de anderen. Mijn liefde gaat verloren.

Omtrent de doodsbrief die bij het overlijden van mijn moeder werd verzonden heb ik gewenst dat mijn naam niet tussen die van haar kinderen werd genoemd. Weliswaar was zij mijn moeder, weliswaar was zij mijn moeder niet. Zij was in mijn leven zoals de wind: soms mij aanrakend, maar overigens niet aanwezig.

Zij had mij op de avond dat ze zou sterven moeten bellen. Misschien zou ik naar haar toe zijn gereden als ze mij dat zou hebben gevraagd. Misschien zou ik die boterham met kaas voor haar hebben klaargemaakt, en misschien zou ik haar, toen ze van de bank af viel, in mijn armen hebben opgevangen, en misschien...

Maar zo is het niet gebeurd, zoals er nu eenmaal zoveel niet gebeurt, terwijl er in plaats daarvan iets ànders gebeurt.

Naar de hel met haar.

Ik bedoel: naar de hel met alle moeders.

Op de avond dat mijn moeder stierf had ik bezoek. Van een schrijver. (Voor de nieuwsgierigen, voor de historie: die schrijver was Ger Verrips.) Wij spraken over literatuur en over politiek. Voornamelijk spraken wij over de Vereniging Van Letterkundigen: waarom ik daarvan geen lid wil zijn en hoe deze afkeer verklaarbaar is uit mijn asociale en paranoïde karakterstructuur. Ik heb niemand nodig en ik wens ook niemand nodig te hebben, ik doe alles wel alleen. Ik beschouw viervijfde van het aantal der leden van die Vereniging Van Letterkundigen niet als mijn collegae. Ik wens een œuvre te schrijven in plaats van mijn tijd te verdoen met gelul. Laat mij nu maar met rust, want waar ik verschijn blijft niets onaangeraakt en ontstaat onrust en commotie.

Toen mijn gast was vertrokken, waren de televisieprogramma's op Nederland 1 en Nederland 2 al ten einde, – maar op Duitsland 1 was nog een speelfilm aan de gang: *Kumonosujo*, 'Het kasteel in het woud van spinneweb', een Japanse versie van het Macbeth-verhaal van de regisseur Akira Kurosawa.

Ik heb verstrooid naar de beeldbuis zitten staren, niet echt kijkend om de gang van zaken te volgen, maar àls ik keek ergerde ik mij: het barbaarse moffenvolk had de Japanse dialogen in het Duits nagesynchroniseerd.

Het einde van de Japanse Duitssprekende Macbeth, zoals de film het weergaf, was hetzelfde als ten deel is gevallen aan Kenitji Sone, de kampcommandant van Tjideng: –

Een zucht is hoorbaar, geslaakt door het zwaard, zoevend doorsnijdt het de lucht. (Haiku.)

De misdadiger draagt opeens een boord van bloed. Hij verliest zijn hoofd. (Haiku.)

Zo rood als het hoofd dat in modder verzinkt is de zon die verrijst. (Haiku.)

(Wie waren 'erger' in de oorlog, de Duitsers of de Japanners, en welke kampen waren gruwelijker, de Duitse of de Japanse?...

Over de Duitse kampen heeft geen der overlevende slachtoffers ervan ooit met vertedering of zelfs heimwee gesproken; om de Duitse kampen is door degenen die ze hebben overleefd niet zo gelachen als er door ex-gevangenen van de Japanners om de Japanse kampen is gelachen, – zogenaamd ter relativering van het niet-relativeerbare.

De knechten van de dood hebben Duits gesproken èn zij hebben Japans gesproken. Soms, via mijn televisietoestel, hoor ik hoe de knechtentaal van het ene cultuurvolk wordt vervangen door de knechtentaal van het andere, en zie ik: de Jap spreekt Duits, zoals voorstelbaar is dat in Japan de taal van de mof is weggesynchroniseerd tot Japans.

Het maakt de dood niet uit welke taal zijn knechten spreken.)

Terwijl de film zich ontrolde, en ik er nu eens naar keek en dan weer niet, wachtend tot ik slaap zou krijgen, hield ik mij bezig met het verwijderen van het eelt aan mijn voetzolen: eerst met een rasp, toen met een grove vijl, toen met een fijne vijl.

Eens in de zoveel maanden dient deze hygiënische daad te worden gesteld omdat de hoornachtige korsten, behalve onverdraaglijke jeuk die op geen enkele manier kan worden verdreven, gaten in sokken en zelfs lakens veroorzaken.

Naarmate het opmarcherend woud dichter- en dichterbij kwam om Macbeth zijn eindloon te bezorgen, viel mij het afgeraspte eelt ritselend van de voeten en vormde het een steeds dikkere laag grijzig meelachtig poederstof op de onder mijn voeten uitgespreide krant (*de Volkskrant* van 26 januari 1981. 'Weduwe Mao krijgt doodstraf. Uitstel van executie').

Ik ging de tuin in om het op de krant verzamelde eeltvijlsel weg te gooien, ik wierp het in de lucht zoals de as van een gecremeerd lijk in de lucht wordt gegooid om het door de wind te laten verstuiven, maar het stofferige lichaamsafval viel onmiddellijk naar de aarde terug, er was geen wind die het meevoerde of zelfs aanraakte, – een deel ervan kwam in mijn gezicht terecht en bleef aan mijn voorhoofd, wangen en oogleden plakken.

In de weilanden rondom het huis schoven blokken mist tegen elkaar en op elkaar, – het was een Hollandse kwakkelwinternacht, niet koud, en ook niet nietkoud. Als het niet toevallig nacht was geweest had het ook dag kunnen zijn: in dit jaargetijde in deze landstreek is de dag zo grauw als de nacht, en het uitzicht is hetzelfde, er valt een wekenlang aanhoudende nattigheid die overdag even onzichtbaar en onhoorbaar is als 's nachts, de stilte is diep.

De bomen, struiken en heggen in mijn tuin, die de begrenzingen vormen tussen mijn wereld en de overige, tussen mij en honderden letterkundigen, tussen mij en de lezers van mijn boeken, stonden als zetstukken op hun vaste plaats, ze bewogen niet, ze lieten zich inwikkelen in de mist, – zoals Macbeth geloofde ik niet dat dit decor misschien ooit zal gaan wandelen.

Tijdens de enkele seconden dat ik in mijn tuin stond dacht ik aan Liza, in haar libelblauwe doorzichtige kleren, jaren geleden, – en aan Liza zoals ik haar ternauwernood een maand tevoren had teruggezien. Geheiligd zij uw naam. Gezegend zijt gij. Onder alle vrouwen.

Dat zij op datzelfde ogenblik in het stadje waar zij woont aan het raam stond, – dat stadje lag onder een stolp van mist, maar zij kende de plattegrond ervan zo goed dat zij toch, alsof er geen mist was, met haar goudkleurige ogen de loop van de straatjes kon volgen. Waar zij en ik hebben gelopen, toen, alletwee even dronken of halfdronken, en alletwee op een vrijblijvende, toch godgelijke wijze geil op elkaar. Tingeling-stap-tingeling. Waar in die straatjes wij, voordat we haar appartement hadden bereikt, alvast in elkaars armen tegen elkaar aan waren gaan staan, om even een beetje te zoenen, een beetje te bijten, een beetje te aaien, begeleid met het zeggen van de millennia-oude woorden. Zoals dat stadje was versierd. Bloemen. Vlaggen. Waar in dat stadje zij zei: dit is Het stalletje van Bethlehem, dit is Het huisje van Nazareth... – door mij beantwoord met honend commentaar, dat er uit bestond dat ik uit volle borst kikkergeluiden begon te maken.

(Ik ben 'niet lief'. Ik ben zo 'hard' en 'bitter'. Ik ben zo 'gevoelloos'.

Tegen de tijd dat ze dat zou beginnen te zeggen,

zoals alle mensen in mijn leven dat uiteindelijk altijd beginnen te zeggen, was ik wel weer verdwenen.

Wat had die Liza met mij te maken?)

(Ik zit op mijn plompeblad en verzamel zo veel lucht, dat mijn keel en wangen ervan opbollen, en mijn kop een bloedkleur krijgt. Kus mij. Ik ben een vorst in de gedaante van een kikker. Soms werp ik, als een harpoen, mijn tong uit om een libel te verschalken, die tussen mijn kaken ritselt als cellofaan terwijl ik haar vermaal en daarna doorslik.)

In mijn verbeelding zag ik haar in het rechthoekige verlichte raam boven de etalage van de klokkenwinkel als op een televisiescherm. Zij was gehuld in haar slaapgewaad, maar ze kon de slaap nog niet vatten, ze was onrustig, ze dacht aan mij, zoals ik aan haar dacht, ze fluisterde mijn naam. Haar slaapgewaad was teer blauw en teer lila en het was doorzichtig, – maar helaas, van onder was de vensterbank net iets te hoog om haar als met goudverf bestreken heilige driehoek te kunnen zien, en van boven bestond het frêle kledingstuk uit lubben en fronsels en hing het lange meisjeshaar er overheen, zodat ook haar borsten niet waren te zien. Zoals echter deze droom-Liza met haar ene arm de vitrage voor haar raam omhoog stond te houden, zag ik het gulden dons in haar oksel.

Een fragment van een seconde lang beeldde ik mij in dat ik bij Liza in haar slaapkamer was: – ik scheurde het gaasachtige kleed van haar af en schoof in haar lichaam zoals jaren tevoren, achteloos haar sperrend door haar knieën ter weerszijden van haar lieflijke gezicht tegen de matras te drukken. Het gaat hier om het woord 'achteloos'. Bij iedere stoot die ik haar toediende riepen zij en ik om de beurt een aanroep tot de heilige maagd: Geestelijk vat, Eerwaardig vat, Heerlijk vat van godsvrucht, Mystieke roos, Toren van David, Ivoren toren, Gouden huis... Bid voor ons. Bid voor ons. Kwaak! Kwaak! Daarna ontplofte ik in een flits van spierwit licht en verdween ik in het getik en geruis van honderden klokken.

Later heb ik gedacht dat misschien in dit secondefragment mijn moeder is gestorven.

Staande tussen mijn roerloze coulissen zoog ik mijn longen vol mist. Ik vouwde de krant in achten. Ik ging het huis weer in. Ik hoorde het ademen van mijn vrouw. Ik hoorde het ademen van mijn dochtertje.

Ik ben op de leeftijd gekomen dat de onbeweeglijkheid begint.

Leven, liefde, literatuur en dood, – mij gaat het allemaal niet meer aan. Het is te laat nu, ik ben ter bestemming, de dingen zijn bijna voltooid.

Ik zag mijzelf in de badkamerspiegel. Ik zag mijn kalende schedel en het wit in het mij resterende haar. Ik zag het stof van eelt op mijn gezicht.

In het Tjideng-kamp leefde mijn moeder, zo heeft ze het mij ooit gezegd, van de dag in de dag: – iedere dag dat zij samen met de haren in leven bleef was er één. Daarna leefde ze nog van uur tot uur en ten slotte van minuut tot minuut.

De knechten van de dood hadden een okerkleurig gezicht en amandelvormige ogen. De knechten van de dood waren gekleed in bruingroene uniformen en droegen bruingroene petten op hun sluikharige hoofden. De knechten van de dood waren bewapend met een geweer, een bajonet, een sabel, een rotan stok, een zweep. De knechten van de dood waren toegerust met een grote bek en spraken hiëroglifische taal.

Mijn moeder, die nu de veerman heeft ontmoet, zal de taal die hij spreekt hebben herkend.

Laat ons bidden.

Ik heb nooit geweten wat dat precies is: bidden. Wel is er een tijd geweest dat ik alle gebeden, litanieën en formules van de katholieke godsdienst uit mijn hoofd kende. Ik zag al spoedig in, dat het uitspreken alléén van deze teksten niet 'bidden' was, maar wat er méér bij te pas moest komen begreep ik niet, – ik ben opgehouden daarover na te denken.

Miljoenen weesgegroeten heb ik opgezegd, maar nooit heb ik één weesgegroet *gebeden.*

'Van bidden word je rustig,' zei mijn grootmoeder.

Zo word ik rustig van het staren in de vlammen van een open vuur.

Dat bidden, evenals staren in de vlammen van een open vuur, tot niets dient en tot niets leidt, behoort tot mijn 'levensbesef' dankzij mijn kleuterjaren in het Tjideng-kamp.

Bidden liet mijn moeder aan háár moeder over, die in de aanrecht waar wij woonden al de houding had aangenomen alsof ze in een reliekschrijn van graniet en hout als een heilige lag opgebaard, handen op haar borst gevouwen, een rozenkrans van zwarte kralen in haar vingers. Bloemetjesjurk. Dat zij wel degelijk nog leefde zagen mijn zus en ik aan het bewegen van haar duim waarmee ze kraal na kraal door haar hand liet schuiven, weesgegroet na weesgegroet mummelend, – bid voor ons, zondaars, nu en in het uur van onze dood, amen.

Als mijn moeder op corvee ging liet ze mijn zus en mij bij onze grootmoeder achter: de grootmoeder moest op ons passen en wij moesten op de grootmoeder passen. Mijn zus moest mijn grootmoeder in leven zien te houden door haar om de zoveel tijd lepels pap te voeren, 'boeboer' geheten, een koude dunne, stijfselachtige substantie, zonder kleur, zonder smaak, zonder voedingswaarde, waar wij allemaal, honger of geen honger, van kokhalsden alleen al bij de aanblik ervan.

Ik vluchtte weg wanneer mijn grootmoeder geduldig door mijn zus werd gevoerd: – mijn zus zag er uit als een ouwe bes in de gestalte van een zevenjarig kind, en mijn grootmoeder liet de pap uit haar mond en over haar gezicht druipen als een zuigeling in de gestalte van een bejaarde stervende vrouw. Mijn zus had een hoofd vol kleine natuurlijke krullen, mijn grootmoeder had het haar strak over het hoofd getrokken en droeg het in een dunne 'kondé' (= wrong, of knot) in haar nek, – het haar van mijn zus was even grijs als dat van mijn grootmoeder.

Zeker was, dat mijn grootmoeder lag dood te gaan. Ik zag het aan de vliegen die op haar neerstreken en over haar lichaam en gezicht bleven rondkruipen zonder te worden verjaagd.

Voordat ik kon lezen wist ik al alles omtrent dood, – het behoorde tot de vanzelfsprekendheden van mijn kleuterjaren in die mate geconfronteerd te worden met dood dat ik niet anders wist dan dat er geen enkele gemoedsaandoening bij werd gevoeld, geen angst, geen verdriet, geen afkeer.

Wie dood was werd in een rieten mat gerold en op een handkar weggereden. Om haar nagelaten bezittingen, zeker als zich daar een kruimel of korrel voedsel onder bevond, werd gevochten, en het lege plaatsje dat ze zou achterlaten werd 'getjoept' nog vóórdat haar lijk ervan was verwijderd ('tjoepen' = kamptaal: beslag leggen op, claimen).

'Mevrouw die en die is dood' was een mededeling als: 'het regent'.

Ik zag iedere dag dode mevrouwen: ze stuikten door hun benen tijdens de langdurige appèls in de hamerende hitte op het koempoelanplein (= appèlplein), ze vielen voorover of achterover of opzij tijdens de corveedienst, ze stonden niet meer op als het 's morgens licht werd, of midden op de dag gingen ze zitten of liggen, deden hun ogen dicht en bleken dood te zijn.

Zo gebeurde het, en het was even onopzienbarend als wanneer er een krijtje valt en in stukken breekt.

De letterlijkheid van de betekenis van het woord 'doodgewoon'.

Op zekere dag was Nettie Stenvert dood, die een pop bezat met ogen die open en dicht konden.

Aan de hand van mijn moeder stond ik bij het lijk van die Nettie, die mijn vriendinnetje was geweest. Men had het lijkje, met een strik in het pijpekrullenhaar, in een theekist gelegd en, op het hoofd na, toegedekt met het zilverpapier of het zilverglanzende tinpapier dat tegen de binnenwanden van die kist had gezeten.

Ik stond er bij te giechelen als het kind van tussen de vijf en zes jaar dat ik was, ik moest, heilige maria, moeder van god, van mijn moeder zelfs mijn hoed afnemen.

Ik keek naar de vliegen die over Netties gesloten, bijna doorzichtigwitte oogleden wandelden.

Alles wat ik dacht, was: als ze nu toch dood is, tjoep ik van Nettie haar pop met ogen.

Verder dacht ik niets. Beter is, te schrijven: ik *voelde* niets.

Ik vluchtte weg uit de keuken waar wij huisden en waar mijn grijze zus mijn grijze grootmoeder pap zat te voeren, omdat ik lucht en ruimte moest hebben, die ik niet kreeg op mijn plaatsje onderin de aanrecht, waar ik mij gehurkt ophield, mij verschuilend achter mijn hoed. Ik rende weg, nageroepen door mijn zorgelijke zus, – de zon in en met mijn ogen knipperend tegen het trillende licht, zwaaiend met mijn armen, schreeuwend, *schreeuwend*, mijzelf binnenstebuiten. Zeker was, dat iedereen dood ging, en even zeker was, dat wie dood ging binnen enige tijd in 'boeboer' zou veranderen.

Maar *ik* leefde. Stap-stap-stap. Ooit zou ik zelfs nog leven als mijn grootmoeder dood was, en mijn moeder dood was, en mijn grootvader dood was, en mijn vader, en de grootste van mijn grote broers, en iedereen. Ooit zou ik opschrijven dat ik daar liep, onder mijn hoed, in dat kamp, en dat ik daar de dingen zag die onbeschrijflijk zijn en niettemin door mij zouden moeten worden beschreven.

Om te blijven leven:

iedere dag repeteerde ik de letters en de woorden die mijn moeder mij intussen had geleerd door ze met haar vinger of met een stokje in het zand en gelijkertijd mij in mijn hersens te schrijven: –

'de', 'en', 'den', 'een', 'eend', 'oen', 'doen', 'roen', 'je' – 'roen'...

Op wie de vliegen neerstreken zonder door haar op wie ze neerstreken te worden verjaagd, was op weg naar de dood, – dit was een van de onmiskenbare tekenen.

Van die tijd, denk ik, dateert mijn geobsedeerdheid door vliegen: – ik zie ze in dikke klonters op de zieke, uitgehongerde, beursgeslagen, bebloede of anderszins bevuilde lichamen rondkrioelen, bij duizenden tegelijk, en op duizenderlei manieren gonzend.

Ik heb in dat kamp rode vliegen gezien, boven mij of om mij heen lasso's trekkend door de lucht terwijl het bloed van hun vleugels droop.

Op mij streken de vliegen niet neer, ik zorgde ervoor altijd in beweging te zijn: 'vliegtuigje' spelend, – met gespreide armen rende ik rond, broembroem. Behalve dat ik aldus de grootste vlieg was die er bestond waarvoor alle vliegen bang waren, was ik ook de grootste bommenwerper, mijn hoed was de cockpit en de geschutskoepel, ik vloog rond boven Japan om daar steden te bombarderen. Daar gaat Daantje. Rèkketèkketèk! Er was geen vlieg die mij kon bijhouden, en alle Japanse vrouwen die mij in handen vielen schreeuwden van pijn en verdronken in hun eigen bloed.

In tijden van rust, als wij allen op en in onze aanrecht waren, zorgde ik ervoor stilletjes bij mijn moeder te zitten, scherp oplettend dat als ze sliep er geen vlieg op haar landde, – ik waaierde mijn hoed boven haar lichaam heen en weer, vliegen houden niet van wind en beweging.

Ik was zeer bedreven in het vangen van kakkerlakken, wandluizen, muskieten en vliegen, vooral van vliegen. Ik zag ze nog niet of ze waren al dood. De klamboes waaronder wij sliepen waren stijf en stonken van de bloederige overblijfselen van deze ongedierten: ik ving ze door ze met mijn ene hand in het klamboegaas klem te zetten door dit met een snelle beweging over hen heen te gooien, – gelijkertijd drukte ik ze met de duim of de knokkels van mijn andere hand dood. Om van dit dooddrukken het geluid niet te hoeven horen, maakte ik het zèlf, door het hardop na te doen: 'Tèts!'

Ik voelde daarbij een prikkeling in mijn scrotum en kneep er mijn billen krampachtig bij tegen elkaar.

Zeker was, dat iedereen dood ging, – maar mijn moeder mocht niet doodgaan. Wij zouden na het kamp weer allemaal bijeen zijn, mijn vader, mijn broers, mijn geweldige grootvader, en teruggaan naar ons huis met het zwembad in de tuin, onaangeraakt, onsterfelijk, en zonder dat wij ons ooit iets van de Jappenkampen zouden herinneren...

Wat is er over van de doden in mijn leven?

Die Nettie Stenvert, – zou er thans ook nog maar

iets van haar over zijn? Het fragment van een botje, geconserveerd in een kluit modder, het fragment van een haarkrul in een propje tinpapier?

Ook mijn moeder kreeg later, tot ver in de jaren zestig, als 'het kamp' weer eens ter sprake werd gebracht, in haar ogen de uitdrukking van 'verte', alsof ze terugverlangde naar Tjideng en die jaren.

'Ach, we hebben er ook heel wat afgelachen.'

Ik heb daar niets of dan toch weinig van gemerkt, maar misschien lachten de volwassenen op tijdstippen dat ik sliep of ergens anders was dan zij waren.

Ik herinner mij dat er bij ons thuis, lang na de oorlog, werd *geschaterd* als mijn ouders, mijn broers, andere familieleden of kennissen, herinneringen aan hun kampjaren vertelden. Zo is de geschiedenis van die kampen weggespoeld in golven van hilariteit.

Hirohito, de keizer van Japan, een oorlogsmisdadiger van hetzelfde formaat als Hitler, – tot 1945 werd hij door zijn onderdanen nog als god vereerd, – werd ongeveer een kwart eeuw na zijn misdaden met pontificaal eerbetoon door de Nederlandse regering als bevriend staatshoofd ontvangen. Daartegen is geprotesteerd, onder meer door de cabaretier Wim Kan, die de Japanse kampen ook heeft meegemaakt, maar er was door de ex-gevangenen van die

Japanse kampen tevoren waarschijnlijk al te véél om hun kampverleden gelachen: het protest werd niet serieus genomen en genegeerd.

'Indische mensen': een merkwaardig vrolijk en lachlustig volkje.

Terwijl ik nu over de tijd in dat kamp het mijne zit te schrijven, dwarrelt paus Woytila met zijn vliegtuig omlaag in Japan om gedurende enige seconden een bedroefd gezicht te trekken bij de gedenktekens ter nagedachtenis van de slachtoffers van de atoombommen op Hiroshima en Nagasaki en om vervolgens ex-god Hirohito aan zijn hart te drukken.

Mijn vader heeft de gigantische champignon van licht, die bij de explosie van de bom op Hiroshima uit de aardkorst brak, op de horizon zien staan: – hij zou ten gevolge daarvan enige uren, dagen of weken blind zijn geweest, onder zijn linkeroog ontstond een wrat zo groot als een ei.

(Voor de waarheid van die blindheid wil ik niet instaan, zo klinkt mij het gelach om zijn kampwedervaren nog in de oren, maar de lillende paarse wrat, die als een kleine replica van de grote champignon uit zijn gezicht puilde, heb ik zelf nog gezien en op een van de staatsieportretten die hij in de loop van zijn leven van zichzelf liet maken is waarneembaar gebleven dat de wrat door de fotograaf is weggeretoucheerd, het ding werd in 1949 operatief verwijderd.)

Vanwege de bommen op Hiroshima en Nagasaki

hebben mijn moeder, mijn zus en ik en duizenden andere uitgehongerde krijgsgevangenen drie dagen lang niet te eten en te drinken gehad, – zelfs boeboer werd niet verstrekt.

Dit hoort tot mijn kleuterherinneringen zoals het tot de kleuterherinneringen van anderen hoort dat hun op de leeftijd die ik had toen ik in dat kamp zat de amandelen werden geknipt (mijn amandelen waren toen al geknipt).

Er is nog méér dat tot de vanzelfsprekendheden van mijn kleuterjaren heeft behoord. Het is door mij gezien, het ligt opgeborgen op de vlieringen van mijn geheugen.

Toen heeft het mij onaangeraakt gelaten, – ik zou er pas later door worden aangeraakt.

Soms overvalt mij de paniekangst: soms ben ik terug in dat kamp: –

Ik zie de Jap een vrouw afrossen met een rotan stok, of als het niet een rotan stok is, dan is het de kolf van een geweer. Zij kantelt schreeuwend over de grond en trekt een spoor van bloed dat door de rode aarde wordt opgezogen en onzichtbaar wordt.

Zij heeft een broodkorst gestolen. Zij heeft een vuurtje gemaakt om water te koken. Zij heeft niet of te laat gezien dat er een surveillerende Jap passeerde zodat zij niet of te laat voor hem heeft gebogen. Zij was te laat op het appèl.

Een vrouw moet een etmaal lang naakt op het koempoelanplein in de houding blijven staan. Overdag lijkt de lucht te zullen barsten van het hittegeweld. 's Nachts staat zij uit volle borst te zingen omdat ze denkt dat ze het daarvan warm zal krijgen, zij staat in het hart van een web van zoeklichten. Vanaf de wachttorens rondom het kamp zijn dag en nacht de machinegeweren op haar gericht.

Een naakte vrouw moet op handen en knieën door de straten kruipen, ze heeft een touw om haar nek dat door de Jap, die achter haar loopt, wordt vastgehouden. Als zij uitwerpselen tegenkomt wordt zij gedwongen daar als een hond aan te ruiken. De Jap slaat haar met een stok op haar rug en daar waar zij vroeger billen moet hebben gehad, maar nu niet meer heeft, zo mager is ze. De Jap trapt haar met zijn spijkerlaars in haar kruis.

Met nog een paar andere kinderen loop en huppel ik mee, schaterend bij het zien hoe de vrouw met haar gezicht in een hoop drek wordt geduwd. Uitzinnig gonzend pakken de vliegen zich samen op haar gezicht en kaalgeschoren hoofd en op de bloedende plek tussen haar benen waar de Jap haar blijft trappen.

Om dit huppelen en schateren en gretig toezien geef ik mijzelf tot op de huidige dag klappen in het gezicht, steeds als het afgrijselijke filmbeeld in mijn geheugen terugkeert, – *toen* wist ik niet dat het afgrijselijk was en ikzelf van de afgrijselijkheid deel uitmaakte.

Mijn 'kamp-syndroom' bestaat uit de wroeging die ik heden heb om de alles begerig in zich opnemende kleuter die ik ben geweest.

Een vrouw wordt door de Jap vol water gegoten tot haar dunne lichaam ervan uitpuilt en men het water in haar kan horen klotsen, zoals men water kan horen klotsen in een regenton. Dan begint de Jap met een stok op haar maag te slaan. Dan gaat de Jap met zijn laarzen op haar maag staan dansen. De vloeistof die haar uit al haar lichaamsopeningen ontsnapt heeft alle denkbare kleuren en komt op alle denkbare wijzen uit haar te voorschijn: spattend, kabbelend, druppelend, als braaksel, als bloed, als pap.

Bid voor ons.

Een vrouw wordt opgesloten in wat wordt genoemd 'de oven': een hondehok van plaatijzer waarvan het dak een aambeeld is voor de mokerslagen van de zon, en tegen de gloeiendhete wanden waarvan zij niet kan leunen of zij brandt er haar huid aan en blijft er met haar huid aan vastplakken. Zij is in de enigmogelijke ellendige lichaamshouding die zij in die oven kan aannemen omringd door kruipende en dolzinnig fladderende insekten. Zij wordt door deze diertjes gestoken en uitgezogen, en zij kan ze niet verjagen of doodslaan zonder daarbij met enig lichaamsdeel het dak of de wanden van de oven aan te raken. Zij is tot onbeweeglijkheid en duldzaamheid veroordeeld, zij wordt langzaam gaar gestoofd, als zij haar hersens er niet bij houdt wordt zij langzaam krankzinnig, zij beluistert het geneurie en gegons van de insekten, dat weldra klinkt als klokgelui of dreunende orgels.

Een vrouw bindt men de polsen achter haar rug tegen elkaar en vervolgens wordt zij aan haar polsen aan een galg gehangen, zodat haar armen ondersteboven achterstevoren binnenstebuiten of nog anders uit hun kommen worden getrokken. Zij bungelt in een vreemde krul boven de grond, draaiend om haar lengteas, men laat haar leegdruppelen en uitdrogen in de gloeiende zon: – de zon is het wreedste marteltuig dat de Jappen ter beschikking staat, de zon is het symbool van de Japanse natie. Als zij het bewustzijn verliest, krijgt ze een pak slaag tot ze weer bij haar positieven is, want zij moet haar vernederende pijniging volledig bij bewustzijn ondergaan. Wie langs komt is verplicht, naar haar te kijken. Ik kom vaak langs.

Ook mijn moeder hebben ze afgeranseld, kaalgeschoren en een etmaal op het koempoelanplein laten staan. Het is door mij gezien.

Wie weet wat haar is overkomen dat niet door mij is gezien.

In ons huis in het kamp ga ik de voorkamer in, waar Nettie Stenvert woont. Op een tafel die daar staat ligt de moeder van Nettie Stenvert zonder kleren aan op haar rug, met haar benen omhoog en uit elkaar. Tussen haar benen staat een Jap die zijn broek heeft laten zakken, zodat ik het uitschreeuw van het lachen want dit is werkelijk het allergekste dat ik ooit heb gezien, al zal ik het gaande mijn kamptijd nog een paar keer in verschillende varianten zien, maar dan zonder erom te lachen: – met schokbewegingen van zijn onderlichaam staat de Jap tegen de tafel op te rijden, bij iedere schok verplaatst de tafel zich een centimeter voorwaarts, waarbij de tafelpoten krijsend over de stenen vloer gaan. De Jap houdt zijn ene hand op de mond en zijn andere hand om de keel van mevrouw Stenvert gedrukt, maar moet deze greep op haar prijsgeven om mij een dreun op mijn gezicht te verkopen waarvan mij de hoed van het hoofd vliegt en ik de eerste bloedneus in mijn leven krijg. Op het ogenblik dat mevrouw Stenvert loeiend begint te huilen, zie ik, alles in kleur, dat de Jap iets, dat als een lange harde knuppel uit zijn behaarde buik naar voren steekt, uit een gaping tussen de benen van mevrouw Stenvert wegtrekt, – het is ook het ogenblik dat ik het, nog harder huilend dan mevrouw Stenvert, met mijn kop vol sterren en mijn handen vol bloed, op een lopen zet, rèkketèkketèk! tèts! tets!, mijn wroegingen en paniekangsten van jaren later tegemoet.

Of er, vroeg ik, op de kist waarin mijn moeder in haar mooiste jurk lag opgebaard, wel een glazen plaat lag. Zodat er geen vliegen over haar lichaam, haar gezicht en haar brilleglazen konden rondkruipen.

Wat toch zou er in dat kamp niettemin nog te lachen zijn geweest?

Ik schrijf dit, en er vindt in Nederland een 'vrouwenstakingsdag' plaats. Op de Dam in Amsterdam smeren vrouwen hun kruis in met tomatenketchup en gaan met hun dijen uit elkaar op hun rug op de straatklinkers liggen.

Verwende welvaartsklerewijven. Weten zij veel!

Wie langs komt is welhaast verplicht ernaar te kijken, al wil hij niet en bonkt het hart hem tegen de slapen van weerzin tegen deze agressieve en misplaatste wansmaak en begint hij over zijn hele lichaam te beven: van angst, van kwaadheid, van 'plaatsvervangende' wroeging, dit is: wroeging namens die stupide wijven zèlf.

Toen mijn moeder voor straf een dag en een nacht op het koempoelanplein moest staan, wilde het dat toen juist de moesson begon. Door de slagregens heen bleef mijn moeder naar mij lachen: ik had mij om een hoekje van een van de huizen in de buurt verstopt en zwaaide naar haar en wierp haar kushanden toe, – ik werd niet nat onder mijn hoed.

Het viel mij op dat mijn moeder die ik, net als tientallen andere moeders, wel vaker naakt had gezien, de mollige warme borsten die ze vroeger had gehad niet meer had, van magerte, – ook doordat ze was kaalgeschoren leek ze niet alleen niet meer op *mijn* moeder, ze leek helemáál niet meer op een moeder, en eigenlijk niet eens meer op een vrouw: men kon van het wezen dat daar in de regen stond alleen nog zeggen dat het 'mensachtig' was. Maar zij was wel degelijk mijn moeder.

Ik wilde wel naar haar toe vliegen in mijn vliegtuig en scheefhangend, dus met verticaal in elkaars verlengde staande vleugels, langs haar heen scheren om haar mijn hoed toe te gooien zodat ze tenminste *iets* had om zich mee te bedekken, – maar zij gaf mij door middel van gezichtsgrimassen en het uitsteken van één vinger te verstaan dat ik moest blijven waar ik was, in alle wachttorens wezen de machinegeweren in onze richting.

Ik ben die nacht in mijn schuilhoek blijven zitten, – soms hoorden mijn moeder en ik in de verte het bange stemmetje van mijn zus, die naar ons op zoek was. Ik wenste bij mijn moeder te blijven en de wacht bij haar te houden: zij stond, beschenen door vijf of zes schijnwerpers, in een knooppunt van licht, in een schort van regen. Om wakker te blijven krabde ik met een scherp steentje het door de regen zacht geworden eelt van mijn voeten. Ik repeteerde: 'moe'-'der'. Nu en dan gaf ik een schreeuw: weesgegroetmaria-volvangenade-deheerismetu.

Wij zullen elkaar niet verraden, hè mama? Wij zullen elkaar nooit in de steek laten, hè? Hè? Hè mama?

Daar in mijn leven, waar dit nog in hoofdzaak uit 'zwalken' en 'aanspoelen' bestaat, – ongeveer vijfentwintig jaar na het Tjideng-kamp en duizenden kilometers daarvan verwijderd, – ben ik op een tuinfeest, het is hoogzomer, na middernacht.

Toegelachen door de meisjes, die er dan nog niet aan denken de fles tomatenketchup leeg te schudden in hun kruis, schieten wij mannen met een karabijn op een schietschijf die onder een scherp schijnende lamp in de tuin is opgesteld. Op de schietschijf is een naakte vrouw geschilderd, – het centrum van de schietschijf (duizend punten!) is de zwarte driehoek op het snijpunt van haar benen.

Het is mijn beurt om te schieten, haha, geef hier dat ding, ik zeg: 'Dat ik dat wijfje eens trakteer op het moordend stuifmeel uit mijn spuit.'

Ik ben in dat stadium van dronkenschap dat ik nog op een schallende wijze luidruchtig ben en de geestigheden als bellen moerasgas aan mij ontstijgen. (Het volgende stadium is dat van de theatrale droefheid. Het daarop volgende stadium is het gewenste: de geest verlaat mijn venige hersens.)

Ik schiet achteloos, vanuit mijn lies, alsof de karabijn een revolver is,–

dan word ik toegejuicht, de mannen slaan op mijn schouders, de meisjes drukken kussen op mijn gezicht: wat een onvergetelijk feest, ikhier Daantje de grote neuker, ik heb duizend punten.

Maar op het ogenblik dat de kogel met een plofje

de vuurmond verlaat en bijna gelijktijdig met tienvoudig versterkt geluid in de schietschijf knalt, herinner ik mij, ooit, eerder, elders, ergens in mijn leven een naakte vrouw in scherp schijnwerperlicht te hebben zien staan, terwijl zowel die vrouw als ik wisten dat in het haar omringende donker vuurwapens op haar waren gericht.

Tingeling! Dreunende orgels.

Ik weet, dat: als ik sterf, en het waar is dat men in zijn sterfuur zijn leven in filmflitsen aan zich voorbij ziet gaan, bij *dit* moment de film even zal worden stilgezet.

Alsof ik zelf door een kogel ben getroffen, ontploft er iets in mij dat jaren- en jarenlang op ontploffen heeft liggen wachten.

Mede onder invloed van de drank, natuurlijk, laat ik mij niet 'gevoelig' voordoen, of sentimenteler dan ik ben, sta ik opeens te janken als een gek, – er zakt een waas van bezonken rood voor mijn ogen.

Oidipoes schreit, – aan zijn voeten woekeren de korsten eelt die lijken op hoornen schoenen.

Mijn moeder zwaait naar mij met een zakdoek, met een handdoek, met een beddelaken, – ze verdwijnt. Mijn moeder heeft een gebloemde doek om haar kaalgeschoren hoofd, zij heeft tussen haar voorhoofd en de doek een losse haarkrul gestoken, die moet suggereren dat ze niet is kaalgeschoren, – ze verdwijnt. Mijn moeder draagt een grijze hoed en voor haar gezicht hangt een vitrage van spinrag, zodat ik niet kan zien of ze een bril draagt, of niet, – ze verdwijnt. Mijn moeder heeft geen borsten, mijn moeder is een 'mensachtig' wezen, zij staat in de regen, ik kijk naar het vlokkerig, weldra druipend haar op haar onderbuik waarin de regendruppels als doorzichtige kralen blijven hangen, – ze verdwijnt. Mijn moeder ligt op haar rug en perst uit het gat tussen haar gespreide dijen een straatklinker tevoorschijn, dat is mijn hoofd, laat ons bidden, al dat bloed! – nooit meer kan mijn hoofd door datzelfde gat weer terug naar binnen. Mijn moeder lacht zoals zij lachen kan en zwaait naar mij, al die jaren, mijn leven lang, ketemoe lagi! – ze verdwijnt,

mijn moeder en ik raken voorgoed verkeerd verbonden.

Het traliewerk tussen mij en het verraderlijke vrouwendom.

Ik schiet achteloos. Vanuit mijn lies.

Deze filmflitsen die mijn moeder heeft gezien toen zij stierf, zal ook ik zien als ik sterf, – het zijn flitsen van dezelfde momenten in haar leven en in het mijne.

Ik behoor tot het soort mensen dat niet 'gelukkig' kan zijn: ziek van altijddurende onrust, ziek van altijddurende angst, het liefst versuft door pillen, het liefst stomdronken, het liefst slapend, het liefst afwezig.

Nu mijn moeder dan toch nog is dood gegaan, is het of er *opeens* deuren in mij openklappen die tot hier gesloten waren geweest en of ik deur na deur moet door gaan om terug te keren naar een of ander begin in de mist van mijn bestaan, – maar ik wil niet door al die deuren terug naar het verleden.

Ontneem mij mijn herinneringen, het vuur in ermee, net als mijn moeder.

(Liza lachend. Liza starend aan het raam. Liza naakt. Liza in een optocht.

Haar gouden ogen. Haar honingkleurige haar.)

Het paste mij niet, die Liza na al die jaren te hebben teruggezien, – ik dezelfde van jaren tevoren en gelijkertijd *niet*dezelfde, zoals ook Liza dezelfde Liza was van jaren tevoren en gelijkertijd *niet*. Het paste mij niet, min of meer verliefd te zijn en gelijkertijd min of meer in de rouw. Voornamelijk hield het mij van het werk dat ik bezig was te schrijven, – ik was verdiept in de zelfmoordcasus Jacob Hiegentlich.

Ik ging mij te buiten aan 'Seresta Forte': om mij uit mijzelf weg te houden, om niet te hoeven denken, om niet te worden besprongen door angst, om niet te blijven worden vergezeld door angst, – zo blijft men binnen de grauwe doolhof.

Dat ik soms, die dagen tussen de dood en de crematie van mijn moeder, bij de telefoon ging zitten, mijn hand al uitgestoken naar de hoorn om deze op te nemen zodra het toestel zou gaan rinkelen: – ik *verwachtte* dat het zou gaan rinkelen, zo sterk waren mijn wil en mijn verlangen dat dit zou gebeuren. Dat mijn moeder mij zou bellen, maar dat zij sprak met de stem van Liza. 'Ik houd van je. Kom je naar me toe?'

's Nachts, in de stilte, die vol was van het ademen van mijn vrouw en het ademen van mijn dochtertje, schoof ik, zonder enig geluid, zelfs zonder het geluid van mijn eigen ademen, het echtelijk bed uit, om door het huis te sluipen, luisterend, aangezogen door het telefoontoestel –

(In mijn droom had ik bij de kist gestaan waarin mijn moeder lag opgebaard in haar jurk met blauwe, lila en beige tinten, 'mooier' dan ze was geweest toen ze nog leefde, en schijnbaar 'jonger' dan ze was toen ze stierf. Ik boog mij over de glazen plaat waar zij onder lag, – ik zag dat mijn adem er tussen mijn gezicht en het hare een mistplek op veroorzaakte. Toen ik de condens met een ruitenwissersbeweging van het glas had weggevaagd, zag ik dat in de kist niet mijn moeder lag, maar Liza, en toen weer niet Liza, maar de pop met pijpekrullen van Nettie Stenvert waarvan de ogen waren gesloten. Opeens schoten er naar alle richtingen barsten door het glas, die zich naar alle richtingen vertakten en waarvan ook de vertakkingen zich vertakten, tot er een ingewikkeld en ondoorzichtig netwerk van scheuren en scheurtjes was ontstaan, waar ik, met mijn volle gewicht op de glasplaat leunend, doorheen viel in een explosie van glasgerinkel. Terwijl ik de bodemloos blijkende doodkist intuimelde en door een niet eindigende zwartrode ruimte begon te vallen, waarbij ik mijzelf kleiner en kleiner zag worden, tot ik ten slotte kleiner was dan een vlieg, kwam ik tot een in golven uit mij wegspattende zaadontlading waarvan ik wakker werd, mij generend als een betrapte puber en met pijn in mijn lichaam van wroeging.)

Ik draaide het telefoonnummer van mijn moeder, – maar uit de verre stilte klonk een andere stem dan ik als die van mijn moeder herkende: 'Hallo?'... (Geef mij toch het juiste inzicht, geef mij toch rust.) 'Wat zegt u? Hallo? Met wie spreek ik? Weet u wel hoe laat in de nacht of het is?'

Hoe laat in de nacht of het is.

Ik had aan mijn moeder willen vragen of men haar in die kist nu wel of niet een rozenkrans in haar handen had gegeven, want dit had ik in mijn droom niet gezien.

Of ik draaide het telefoonnummer van Liza, om haar alleen haar naam te horen zeggen, liefst een beetje zuchtend, en haar te horen ademen, – bij het horen waarvan mijn hoofd zich vulde met waaien. Zo hartstochtelijk stond ik naar haar te verlangen, en zo hevig gingen mijn gedachten naar haar uit, dat het wel móést of zij, honderden kilometers verderop, werd dit op een of andere wijze gewaar (: met wat zij bezig was te doen hield zij opeens op, met een rukje hief zij haar hoofd op en stak haar hand naar het telefoontoestel uit alsof zij verwachtte dat het zou gaan rinkelen, zij had het gevoel alsof iemand tegen haar aan blies, zij voelde dat door haar ragdunne nachtgewaad heen aan het zachte haar in haar oksel). Het móést dat zij wist dat ik het was die haar had opgebeld, om mijzelf te troosten met de klank van haar stem en daarna, zonder mij te hebben bekend gemaakt of iets anders te hebben gezegd, de verbinding weer te verbreken (en: in de stilte die nu weer neerzeeg in haar kamer bleef zij enige tijd scherp luisteren, want het leek haar alsof een van de klokken in de winkel onder haar vloer langzamer en ook harder was beginnen te tikken).

Liza, Liza.

Ik kreeg geen adem meer van onrust.

Soms beefden mijn handen zo erg, dat ik er niet in slaagde mijn vinger in een gaatje van de kiesschijf te steken, of mijn vinger in het gaatje te houden bij het ronddraaien van de schijf.

Wil voor mij iets spelen op het instrument dat kristalachtige klanken voortbrengt, als van glasscherfjes die op glasscherfjes vallen, wat klinkt als belletjesgerinkel, zodat ik misschien tot bedaren kom.

Of ook wel, midden op de dag of midden in de

nacht, zette ik de televisie aan, op het scherm waarvan, op alle kanalen, niets anders was te zien dan dezelfde mist die aan de buitenkant van mijn huis tegen de ramen zat geplakt, en bij het oplichten waarvan een 'kosmisch ruisen' klonk.

Ik hoopte in de mist op het scherm een gezicht te zullen zien verschijnen, hoe vaag ook maar, hoe kortstondig ook maar, dat mij vanuit de peilloze verte zou aankijken en dat, al stonden de ogen droef, toch naar mij zou glimlachen.

Wiens gezicht?

Dat van mijn moeder, – maar ik slaagde er niet eens in, mij haar oude gezicht te herinneren, en ook slaagde ik er niet in, mij het hoofd van mijn moeder voor te stellen zonder dat het op het bloeiende lichaam van Liza stond: het lichaam van Liza was vol borsten, Liza moest wreed worden gemarteld, Liza moest pootje na pootje en vleugeltje na vleugeltje uit het lichaam worden gescheurd terwijl zij gedurende deze marteling volledig bij bewustzijn bleef.

Niet kwam uit het kosmisch ruisen in de televisiekast een stem tot mij, sprekende slechts één woord om mijn ziel gezond te maken.

Dat *nu*, dacht ik, de postbode mij een brief van Liza zou komen brengen, bezegeld met een afdruk van haar lippen, waar ze op het papier een kus had gedrukt, en waarin zij mij weer, zoals jaren geleden, zou noemen haar hartje, haar hondje, haar suikeren beest, haar boze wolf en dat soort dingen.

De postbode kwam mij het lichtgrijs omrande doodsbericht brengen, gefrankeerd met een matrode postzegel van vijfenvijftig cent:

'Tot onze droefheid is heden geheel onverwacht van ons heengegaan, onze lieve moeder, schoonmoeder en oma Henriette Maria Elisabeth van Maaren weduwe van Jacques Theodorus Maria Brouwers op de leeftijd van 72 jaar.'

Zij was mijn moeder, en evenveel was zij mijn moeder niet: – mijn naam kwam niet op de doodsbrief voor.

Het stadje ***, waar Liza en ik, die nacht, jaren geleden, hand in hand doorheen zwalkten, op weg naar haar bed boven de klokkenwinkel, was versierd op zo'n manier dat ik er kwakend als een kikker op reageerde om ermee tot uitdrukking te brengen dat ik zou willen kokhalzen van weerzin:

Boven de straten, in de lengterichting ervan, was een gouden koord gespannen waaraan, om de zoveel passen, een een kraal voorstellende bol was geregen, – dit 'kralensnoer' was straat in straat uit door het hele centrum van het stadje gespannen en stelde, zei Liza, een rozenkrans voor. Kwaak!

Twee dagen later, een zondag, trok er, getrouw aan een traditie van eeuwen, een Maria-optocht door die straten, de route volgend van die bollen, onder iedere waarvan een weesgegroet werd aangeheven. Prelaten, pastoors, nonnen, paters, misdienaars en bruiden. Praalwagens, vaandels, kaarsen, palmtakken, belletjes en fanfares, wierookvaten, baldakijnen. Bijbelse en historische groepen. De gouden monstrans, bevattende 'Ons Heer'. Het eeuwenoude mirakuleuze eikehouten Mariabeeld, behangen met zijde, kant en hermelijn. Op sommige straathoeken en pleinen hield de processie even halt bij een van de rustaltaren, ingebouwd in zoetelijk beschilderde kartonnen decortjes die de plaatsen uit het leven van de moeder van Christus voorstelden: het huis van nicht Elisabeth, de stal van Bethlehem, de timmerwinkel van Nazareth, de tempel, de Calvarieberg... Voor veel ramen en in alle etalages in de binnenstad stond een Mariabeeld, de straten waren belegd met lopers en tapijten, alles wat daartoe kon dienen hing als vlag of draperie boven de straten of tegen de puien, iedere straat had zijn eigen erepoort of triomfboog.

Ook Liza liep in deze optocht mee, – in een tuttig mantelpak, een tuttige hoed op haar hoofd, en met een tuttig tasje aan haar arm, rozenkrans in haar hand. Schooljuffrouw. Zij liep devoot naast haar klas van keurig uitgedoste tien-, elfjarige jongetjes, alle een rozenkrans in de hand. Spiegel van gerechtigheid, Zetel van wijsheid, Oorzaak van blijdschap, Ark van het Verbond...

Anderhalf uur tevoren was zij nog het vrolijke dartele schaapje geweest en ik de boze wolf. Zich op haar ellebogen en knieën over het hoogpolige vloerkleed voortbewegend was zij onschuldig aan het grazen, hap hap, mèèèh mèèèh, toen het verschrikkelijke ondier tevoorschijn sprong, zijn tanden in haar nek en zijn nagels in haar flanken sloeg, en wreedaardig in haar binnendrong waar zij al verwachtte dat dit zou gebeuren, zij was daar vochtig en zacht, zij onderging het met haar gezicht in haar handen. Deur van de hemel, Morgenster, Heil van de zieken, Toevlucht van de zondaars, Troosteres van de bedroefden... Bid voor ons.

Van bidden word je rustig.

Ik stond, nog altijd ongekleed na het spel van het schaapje en de wolf, achter de vitrage aan het raam van Liza's optrek, dat uitkeek op een groot plein, langs de gevels aan de overzijde waarvan de processie in het witte middaglicht voorbij trok. Mijn ogen waren ingezoomd op Liza.

Precies daar waar wij het vantevoren hadden afgesproken, hief zij zogenaamd met een wuifje haar hand op waarmee ze vervolgens iets aan haar hoed schikte, kijkend naar het raam van haar appartement, waar zij wist dat ik achter het glasgordijn stond, ten teken dat zij aan mij dacht, – maar toen zij dat deed *voelde* ik al niets meer voor haar, zoals ik haar met haar jongetjeskaravaan geruime tijd van kraal naar kraal had zien schuiven en haar daarna midden op het plein de maat zag staan zwaaien, terwijl haar jongetjes een lied zongen: Maharieja, mijn moehoeder, u wijd ik mij toe...

Met de wijsvinger van mijn rechterhand krulletjes draaiend in het haar op mijn onderbuik, stond ik te denken: dat die Liza straf moest, – zij moest, daar op dat plein, terwijl haar leerlingetjes toekeken, worden kaalgeschoren en van haar schijnheilige katholieke kleertjes worden ontdaan, zij moest, door mij, tussen haar benen worden getrapt en met een zweep van rozenkransen worden gegeseld. Ik droeg daarbij mijn bloedrode kikkermasker, – alles wat ik zei moest worden nagesynchroniseerd. Haar kermen en haar geschreeuw om erbarmen werden overstemd door het geschater van de jongetjes uit haar klas.

Gelijkertijd was ik een van die jongetjes uit Liza's klas: – misschien had ik van juffrouw Liza leren lezen en ook van haar geleerd het weesgegroet op te zeggen. Ik zou wel, broembroem, met gespreide armen naar haar toe willen vliegen om in haar te kruipen en helemaal in haar te verdwijnen, van angst, uit liefde, zodat ik nooit van haar weg zou hoeven, afscheid nemend, zwaaiend, heldhaftig lachend hoewel mijn kop vol was van donderend neerstortend water.

De hele wereld was vol moeders, maar waar was de mijne?

Er begon, over de binnenkant van het raam, een vlieg door de processie te lopen, – en alsof ik opeens een nog ànder jongetje was, jonger, kleiner, dat ogenblikkelijk wist wat hem te doen stond, zeer behendig in het verschalken van klein vliegend en kruipend gedierte, zette ik met mijn ene hand de vlieg klem door de vitrage over hem heen tegen het glas te drukken, terwijl ik hem gelijkertijd met de duim van mijn andere hand verpletterde.

'Tèts!' – zei ik.

In de vitrage bleef een zwartrode vlek achter, die zich spiegelde in het raam. Door mijn gezicht voor de vlek te brengen en vervolgens mijn ooglenzen op een bepaalde manier in te stellen, zag ik beneden mij in de verte de rug van Liza alsof deze met een bloedplakkaat was overdekt. Het móést dat zij voelde dat ik naar haar keek, naar haar rug, haar achterwerk, haar knieholten, haar kuiten, – misschien voelde zij zelfs hetzelfde als ik:

op het moment dat ik de vlieg door de mazen van de vitrage drukte, schoot er een korte zoetvlijmende pijn door het huidgebied tussen mijn scrotum en anus, alsof ik op die plaats een stoot van een met fluweel beklede bajonet kreeg.

Geef mij toch het juiste inzicht, geef mij toch rust.

Ik begon mijzelf klappen in het gezicht te geven, ik nam mij datgene voor te doen wat ik na Liza's thuiskomst ook ten uitvoer heb gebracht:

zij moest zich door mij met zachte vingers laten ontkleden, en dan moest zij zich uitstrekken op het bed, op haar buik, en zich ontspannen en sluimeren,–

ik heb de vliegen van haar weggehouden en teder en aandachtig haar rug, haar billen en haar benen gestreeld, gemasseerd en gekust, heel lang, nadat ik haar met doekjes, water en odeur had verfrist. Het mij vertederende plekje huid tussen haar vagina en anus. Dat plekje huid pleegt in te scheuren of te worden ingeknipt als de kop van het kind zich een uitweg uit het lichaam van de moeder forceert. De aldus ontstane scheur wordt door de arts weer dichtgenaaid, hij hanteert daarbij een halfronde naald.

Uit wroeging voor mijn gevoelloosheid heb ik Liza gestreeld, en ik heb niet gezegd dat ik vond dat zij eigenlijk zo wreed en achteloos als mogelijk was door mij op haar eigen eettafel of keukenaanrecht zou moeten worden verkracht.

Dit alles zou ik mij jaren later scherp herinneren, na het eerst volledig te zijn vergeten. Over dit alles zou ik mij jaren later verbazen en schamen. Ik was als de wind, een ogenblik die Liza aanrakend en speels haar rokken optillend, en daarna mij weer 'op weg' begevend, op zoek.

(Waarom draag je nou eigenlijk zo'n belletje aan je been?

Om niet te verdwalen. Als ik in de doolhof ben zoekgeraakt kunnen andere mensen, bij voorbeeld jij, aan dat belletje horen waar ik ben.)

Heb ik intussen gevonden wat ik zoek?

Angstdroom:

Ik ben in bed met Liza. Haar honingkleurige haar hangt als een gordijn voor haar gezicht en het water stroomt van haar lichaam terwijl zij bezig is mij te berijden. Lachend roept zij reeksen aanroepingen uit de litanie van de heilige maagd. Ik lig glimlachend en lui op mijn rug, handen achter mijn hoofd: – ik laat haar begaan, zij doet maar, zij màg, wij zijn alletwee weer halfdronken, ik kijk naar haar borsten, ik kijk naar de zilveren druppels in het haar op haar buik. Als ze klaar is tilt ze zichzelf van mijn lichaamsdeel waar zij zichzelf op had vastgespietst, en zal nu, knielend tussen mijn benen, er toe overgaan dat lichaamsdeel te verwennen met haar mond, met haar tong, met haar handen, met strelingen van haar zachte haar, met zoete praatjes, met zachtbezwerend neuriën, met ach–

Maar opeens draagt zij een hoed en het haar voor haar gezicht is een voile, die zij met beide handen op de rand van de hoed legt. Het gezicht dat achter de voile vandaan komt is niet dat van Liza, het is wit als van de dood zelf en die dood is een oude vrouw wie het haar als spinrag, dat in pijpekrullen is gedraaid, tegen de schedel zit geplakt, – zij heeft geen borsten.

Als deze dode vrouw, die mij op weerzinwekkende wijze vriendelijk, om niet te zeggen moederlijk, toelacht, haar zwarte tong naar mijn geslacht brengt, blijkt mijn hele lichaam uit eelt te bestaan: het is met een pantser van hoornachtige knobbels en woekergroeisels bekleed, ik ben zonder gevoel, ik ben ontilbaar zwaar.

Achter mijn ogen is het wapperen van klamboes en andere gaasachtige lappen stof die vol bloedvlekken zitten.

Stap-stap-stap, zie mij daar stappen door de mist.

Dan droom ik dat ik wakker word: – ik ben in een andere kamer dan die van Liza, over alle meubelstukken hangen lakens. Een stem, toebehorend aan een persoon die ik niet zie, en die klinkt alsof ik hem gonzend door een telefoonhoorn verneem, vraagt mij omtrent ieder meubelstuk of ik er belangstelling voor heb: 'wil je deze bank?', 'wil je dit vloerkleed?', 'wil je dit televisietoestel?', 'wil je het portret dat op het televisietoestel staat?'

Ik begin te huilen zoals ik in jaren niet heb gehuild, – de tranen ontsnappen mij uit verschillende openingen van mijn lichaam en op verschillende wijzen: spuitend, spattend, kabbelend, druppelend. De eeltuitwassen op mijn gezicht worden zacht, en daarna vloeibaar en beginnen van mij af te druipen.

Ik ben in een doolhof die bestaat uit toneeldecors, de zetstukken wankelen, in alles om mij heen ontstaan webvormige scheuren, bij voorbeeld in de spiegel of de spiegelruit waar ik opeens voor sta en die mijn gestalte maar niet mijn gezicht weergeeft: in mijn schaamhaar hangt het lijkje van een vlieg. Mijn handen beven zo erg dat ik er niet in slaag om er wat dan ook mee vast te pakken of vast te houden,

– toch probeer ik mijn verstijfde vereelte geslacht in mijn vuist in tweeën te knakken of van mijn lichaam af te breken.

Ik zie mezelf minutenlang in de bossen aan een water staan. De klokken tikken, de klokken tikken. In het binnenste van mijn hoofd worden filmfragmenten vertoond.

Zoals in de tuin, nadat de wind voorbij is, nog geruime tijd alles in beweging blijft dat door de wind is aangeraakt, zo zou datgene wat ik in het Tjideng-kamp heb gezien nog drie à vier decenniën in mij in beweging blijven om pas door dezen tot rust te worden gebracht: wat ik heb geschreven hoeft niet langer door mij te worden onthouden, het mag nu beweging veroorzaken in de bewustheden en onbewustheden van anderen.

'Niets bestaat dat niet iets anders aanraakt.'

Van dat Tjideng-kamp herinner ik mij vooral:

de 'koempoelans' of appèls, die meerdere malen daags werden gehouden, op een plein in de schroeiende zon, en waarop iedereen die in het kamp verbleef diende aan te treden, hetzij zuigeling, hetzij oude van dagen, hetzij gezond, voor zover er nog iemand gezond was, hetzij op sterven na dood.

Alle vrouwen en kinderen stonden in blokken aangetreden om door de Jap te worden geteld, en nòg eens te worden geteld, en nog eens te worden geteld, maar altijd was er wel iets waardoor het aantal gevangenen niet bleek te kloppen met de gegevens daaromtrent in de administratie van de kampleiding, zodat deze koempoelans vele uren in beslag konden nemen.

Op in het Japans geschreeuwde bevelen moest er bewegingloos in de houding worden gestaan, moest er worden gebogen, moest er in gebogen houding worden blijven gestaan, moest er worden geknield, moest er worden 'gekikkerd', moest er in koor worden geroepen (in het Japans): Lang leve de keizer!

De Jap kwam vóórlangs, of hij kwam achterlangs, of hij kwam tussen de rijen door, schrik en angst veroorzakend waar hij opdoemde.

'De Jap', dit begrip stond voor: kleine, gedrongen, vaak pafferig volgevreten kereltjes in puilende uniformen, met koppen als van een Japanse hond of een Japanse aap, maar nog het meest als van een Japanse kikker, waarin de felle oogjes, die door de natuur in een altijddurende loer- of gluurstand waren gezet, eenieder doorschouwden tot in het merg. 'De Jap': altijd de bajonet op zijn geweer, altijd dat wapen in aanslag, altijd de zon in het staal van die bajonet, zo verblindend dat het mij leek of ik de lichtspatten in dat staal behalve dat ik ze zag ook kon horen: die bajonetten *schetterden*. Dikwijls was 'de Jap' straalbezopen en liep hij op wankele dikke beentjes met een sabel in het rond te zwaaien, of had hij een pistool in zijn hand waaruit hij nu en dan, op de maat van een onverstaanbaar lied uit zijn vaderland dat hij lalde, een schot in de lucht afvuurde. In het Tjideng-kamp liep ook een geestelijk gestoorde Jap rond, die was gewapend met een rotan stok waarmee hij iedereen die hij tegenkwam een klap gaf, waarbij die stok eerst een zoevend geluid in de lucht maakte wat leek te klinken als een zucht voordat hij op een rug of hoofd neerkwam, – deze Jap, erbarm u onzer, liep altijd te grommen als een gepijnigd of getergd dier. (Ik kon die Jap goed nadoen, zowel zijn gegrom alsook de manier waarop hij zich voortbewoog met korte snelle pasjes, de stok in zijn oksel geklemd. Ook het geluid dat zijn slagwapen maakte als het de lucht doorsneed voordat het een lichaam trof kon ik goed nadoen. Om mijn imitatie zo naturalistisch mogelijk te maken keek ik er scheel bij en soms raakte ik er met de punt van mijn tong de punt van mijn neus bij aan. Zo hebben we daar toch nog heel wat afgelachen.)

Als er tijdens de koempoelans niets was bevolen, moest er op het plein absolute stilte heersen, waarin alleen het gestamp van de soldatenlaarzen mocht worden gehoord. Van het kleine kind dat begon te huilen kreeg de moeder een pak rammel, wie bewoog kreeg een pak rammel, wie een insekt van zijn wang sloeg kreeg een pak rammel. Men viel flauw, men zakte van uitputting in elkaar, men klapte om een andere reden tegen de grond, – in al deze gevallen werd men door de Jap weer overeind getrapt of gerammeld, tenzij men dood was. Men begon van angst te braken, of van angst of uit nood begon men staande te wateren of anderszins zijn lichaamsovertolligheden te lozen, alles wat het lichaam verliet was vloeibaar, dun, geel, of lichtgroen, of lichtrood, – wie aldus stond te klateren kreeg een pak rammel. Tot de vanzelfsprekendheden van mijn kleuterjaren behoorde het besef dat vrouwen pakken rammel moesten krijgen of op andere manieren moesten worden gefolterd of gestraft. Ik was, na het kamp, een grijsvolwassen bijna zesjarig jongetje, 'verwilderd', 'immoreel', gespeend van 'gevoel'. Ik ben pas later nagesynchroniseerd.

Ik heb daar, toen, nooit een pak rammel gehad. Ik ging flink in de houding staan zodra het bevel 'Kiotské!' klonk, borst vooruit, schouders naar achteren. Op het bevel 'Kiréii!' maakte ik een diepe buiging. Bij 'Naurée!' ging ik weer rechtop staan. Ik stond onder mijn wijde hoed, – de schaduw die ik van mijzelf zag bestond uit het ovaal van de hoed, al naar gelang van de stand van de zon voorzien van beenstompjes, soms ook voorzien van vleugels als ik mijn armen uitstak: de hoed overhuifde mij zoals in mijn latere leven ik mij voelde overhuifd door het dak van mijn auto, hierheen op weg, daarheen op weg, alsof het dak van mijn auto nog altijd diezelfde hoed uit mijn kleuterjaren was.

Als dat plein nog bestaat, en als het nog van hetzelfde asfalt is voorzien, staan in dat asfalt misschien nog afdrukken van mijn voetzolen en tenen: vaak genoeg was het zo heet dat het asfalt begon te smelten en mijn blote voeten er vaag verzonken reliëfstempels in achterlieten, – zo kon ik mijzelf bewijzen dat ik niet uitsluitend uit schaduw bestond. Nog altijd zijn mijn voetzolen eeltig en gevoelloos.

'Indische kampkinderen', nu de veertig gepasseerd, zijn te herkennen aan hun voetzolen, zoals Nederlandse kinderen, verwekt en geboren in de hongerwinter, nu de veertig dicht genaderd, nog altijd zijn te herkennen aan hun niet te breidelen vraatzucht.

Voor mijn grootmoeder waren deze koempoelans het ergst. Zij kon, ten slotte lijdend aan alle ziekten en gebreken die in het kamp maar voorkwamen, niet meer lopen of staan, – zij moest naar de appèlplaats worden gedragen en daarna moest zij op dezelfde manier naar haar plaatsje in de aanrecht worden teruggebracht. Mijn moeder heeft een pooslang haar moeder op haar rug meegezeuld, – daarna ontwierp mijn moeder een voertuig, dat al spoedig 'de geitewagen' werd genoemd, later verkort tot 'de geit'.

Zij had op een of andere manier beslag weten te

leggen op een strijkplank en zij was op een of andere manier in bezit geraakt van een paar rolschaatsen.

Hoe kwam men in het kamp aan bezittingen? Door andere bezittingen, bij voorkeur voedsel, daartegen te ruilen: een bustehouder voor een handje suiker, een sjaal voor een naald, een tas voor een strijkplank.

Aan de voor- en de achterzijde van de strijkplank wist mijn moeder een rolschaats te bevestigen, zodat het ding op wieltjes kwam te staan, – mijn grootmoeder werd, met een doek over haar gezicht tegen de zon, de vliegen en de schaamte, languit op de strijkplank gelegd, ter weerszijden moesten mijn zus en ik het rijdende ding vasthouden om het tegen omkantelen te behoeden, en mijn moeder trok het aan een touw als een geit vooruit.

Lachen!

Van die tochten is mij bijgebleven dat mijn grootmoeder, om 'de moed erin te houden', vreemde grappen lag te maken, die vaak met 'taal' te maken hadden, en die mij in verwarring brachten en eigenlijk tot op de huidige dag zijn blijven intrigeren. Ze zei dingen als: 'Daar heb je Kee met haar... kadetje'. Of: 'Ik ben Jan Kwant, ik zet mijn stok tegen de... muur'. Of ze vroeg: 'Is het een feit dat een geit van achteren... bijt?'

Lachen!

Tot op de huidige dag onthouden en hier uiteindelijk dan maar neergeschreven met de bedoeling om te laten staan en niet straks weer onleesbaar te maken, – in afwachting van het tijdstip waarop misschien de ontraadseling van alle dingen plaatsvindt.

Tijdens de koempoelans ondersteunden wij de grootmoeder aan alle kanten om haar staande te houden. Ik weet nog dat ze op mij leunde en dat het was of ze niet op mij leunde. Zij is staande gebleven tot het alleruiterste, maar dat was dan ook het alleruiterste.

Zij hield ons voor, om in ogenblikken van grote wanhoop aan 'iets anders' te denken, het deed er niet toe waaraan, want waar wij ook aan zouden denken was minder verschrikkelijk dan de dingen die wij zagen, – 'alsof je een apparaat aanzet en je dan taferelen ziet die je graag wilt zien'.

Tien jaar later zou men dit televisie noemen.

Van 'wanhoop' had ik toen nog geen besef, en ook later ben ik er nooit in geslaagd om aan 'iets anders' te denken dan aan datgene wat ik zag en meemaakte: ik heb geen fantasie.

Denk ik nu terug aan die kampjaren, zoals ik ze hoe dan ook heb meegemaakt, mijn eerste associatie bestaat uit het beeld en het bijpassende flappergeluid van vlaggen. Daar waar in het kamp om de zoveel meter een wachttoren stond waarin de Jap met verrekijker en machinegeweer van bovenaf toezicht stond te houden, wapperde een vlag. In mijn herinnering is het kamp door wel honderd vlaggen omgeven. Die vlaggen waren wit en vertoonden, geheel door het wit omgeven, een rode bol: het symbool van de zon, het symbool van de zonsopgang. Grafisch gezien is de Japanse vlag de mooiste van alle nationale vlaggen (dat vond ik toen al), – maar mij werd voorgehouden dat ik er niet de Japanse vlag in moest zien maar, steeds als ik die vlag zag, moest 'doen alsof' het de Nederlandse driekleur was: rood-wit-blauw.

'Maar ik zie geen blauw.'

'De lucht waar die vlag in wappert is blauw.'

'Doen alsof' iets niet is wat het is, maar 'iets anders', – misschien zijn mensen die dat kunnen 'gelukkig', rustig en zonder angst.

Zwaar te verwerven een plaats in het licht, – eenmaal verworven is het gedoofd.

Ik denk dat ik een slechte schrijver zou zijn als ik 'gelukkig' was: gelukkige schrijvers hebben niets te vertellen.

Waarom zou ik aan 'iets anders' hebben moeten denken, of zou ik hebben moeten 'doen alsof' ik niet zag wat er gaande was, toen tijdens een van de koempoelans datgene gebeurde wat voor mijn grootmoeder het alleruiterste zou zijn:

die keer verscheen de kampcommandant op het appèl, de heer Kenitji Sone persoonlijk, hij zat op een paard. Het was niet de eerste keer dat ik hem zag, wel was het de eerste keer dat ik een paard zag. Sone was getooid met sterren en borstplakkaten waarin de zon zich spiegelde, hij droeg een zwaard opzij, losjes wiegend met zijn bovenlichaam zweefde hij in de van het asfalt opstijgende hittedampen voorbij, zo herinner ik het mij, hij zal toen ongeveer zo oud zijn geweest als ik nu ben, hij zal mij wel niet hebben gezien.

Pas op, er is in de menigte altijd iemand die zich jou herinnert, misschien is die kleuter daar de schrijver die bijna veertig jaar later te boek stelt jou tegen de wolken te hebben zien langswiegen, besprenkeld met zonlichtspetters, de zoon van de zon die als misdadiger ter dood zou worden gebracht, de plaatsbekleder van godzelf, door de paus vredelievend op de wangen gekust: pax tibi.

Als Sone verscheen, was er buiten het kamp iets verschrikkelijks gebeurd waarvoor de kampbewoners moesten worden gestraft: de Japanse vloot had verliezen geleden, een deel van het Japanse leger was verslagen, in Europa was de opmars door de geallieerden begonnen, de Amerikanen hadden met een nieuwsoortige bom een Japanse stad van de wereld af geblazen.

Rechtop in het zadel gezeten hield Sone een toespraak, die in ieder geval door zijn paard werd verstaan: soms knikte het dier, of stampte het met zijn hoef een vonk uit de grond bij wijze van bijval, – handig was, dat zo'n paard een lange staart heeft waarmee het zich de vliegen van het lijf kan slaan.

Ter afsluiting van zijn rede riep de commandant: 'Tenno-heika banzai!' (Hoera voor de keizer!), dat door de gevangenen, op hun knieën gedreven en met hun gezicht tegen de grond, vele malen luidkeels moest worden herhaald. Banzai!

Hierna begon voor de duizenden vrouwen en kinderen het 'kikkeren': in hurkhouding moesten er kikkersprongen worden gemaakt, tot men het bloed als stormwind door zijn hoofd hoorde bulderen en men het hart in keel, knieholten en nog andere lichaamsdelen voelde bonzen of het op die plaatsen het lichaam uit wilde springen. De zon ging intussen niet milder schijnen en de tijd niet sneller voorbij, – wie beschrijft de lengte van een ogenblik, wie beschrijft hoe lang vijftien, twintig minuten duren die men gedwongen wordt door te brengen met op zijn hurken rondspringen in een stolp van moorddadige hitte?

Overal was het geschetter van de bajonetten, overal klonk het getier van de Jap, die wie weet wat stond te schreeuwen in zijn angstwekkende raadseltaal, overal vielen de lichamen om, waarbij andere lichamen werden meegesleurd en er in het gegolf van lichamen een onderstroom van gekrabbel en gekruip ontstond waar de Jap met geweerkolven, stokken, zwepen op los ramde. Allerreinste moeder, allerzuiverste moeder, beminnelijke moeder, wonderlijke moeder.

Bij iedere sprong die ik maakte wipte mijn hoed op en voelde ik hem met een plofje op mijn hoofd terugvallen, alsof er steeds met een vinger op mijn schedeldak werd getikt: door iemand die mij erop attent maakte dat ik moest blijven kijken naar wat ik zag en niet moest doen alsof ik iets anders zag, want door mij zou het moeten worden beschreven, ooit, het behoorde tot de voorbestemdheid van alle dingen.

Die keer hebben tientallen vrouwen het 'kikkeren' niet overleefd. Er waren er die uitgeput gingen liggen en niet meer overeind wensten te komen, ook niet nadat de Jap op hen had staan dansen. Er waren vrouwen die krankzinnig werden en de Jap te lijf gingen, zij werden opgevangen door een bajonet of werden neergeschoten.

De Jap decreteerde nu ook dat er bij iedere kikkersprong 'kwaak kwaak!' geroepen moest worden, – ik liet het wel uit mijn hoofd om daar bij te lachen.

Sone op zijn paard wiegde tussen de rondspringende en kikkergeluiden makende lichamen door, misschien deed hij dit grijnzend, maar misschien ook niet, misschien was hij vervuld van leedvermaak en sadistisch genot, maar misschien ook niet, – misschien had hij in zijn kleuterjaren een ervaring opgedaan die zijn hele verdere leven had bepaald en ten gevolge waarvan hij op ongeneeslijke wijze was besmet met minachting, liefdeloosheid en gevoelloosheid voor vrouwen, net als het mij zou vergaan. Ik ben het, die niet weet wat liefde is, of daar dan toch niets bij vermag te 'voelen', – ik ben als zodanig misschien zoals de kampcommandant Kenitji Sone is geweest. Vrouwen: kwaak kwaak! Verhoor ons, Heer, en heb erbarmen.

Er waren vrouwen die door het onmenselijke gespring, dat schoksgewijze een aanhoudende druk op de organen in hun onderlichaam uitoefende, zichzelf binnenstebuiten begonnen te keren: met hun ontlasting kwamen er losgeschoten organen hun lichamen uit, – men begon zijn darmen te verliezen, men begon springend aan het ter wereld brengen van bloed en blubber.

Ik ben het, die niet vertederd is door 'het wonder van de geboorte'; ik ben het die thuisblijft als in het ziekenhuis zijn kind wordt geboren.

(Voornamelijk hield ook de geboorte van mijn dochtertje, laatst, mij van mijn werk: het boek over zelfmoord in de Nederlandstalige literatuur dat ik schreef. Stoor mij toch niet, laat mij met rust! 'Moederschap' en 'moederlijkheid', – het voegt zich niet in mijn leven.

Ik wilde niet zien hoe mijn lieve en door mij om

haar mooiheid aanbeden vrouw zou splijten of met behulp van de schaar tot splijten zou worden gebracht. De straatklinker die in haar zou opdoemen en gelijkertijd uit haar lichaam zou puilen, en dat die straatklinker nooit door datzelfde gat weer in haar kon worden teruggepropt. Al dat janken van radeloosheid en schreeuwen van pijn, al dat bloed, al die blubber, maar vooral: de mij krenkende aanblik van de vernietiging of dan toch de duurzame beschadiging van de schoonheid, en *mijn* walging daarvan, *mijn* wroeging daarover, *mijn* machteloosheid, *mijn* protest, *mijn* angst en *mijn* 'plaatsvervangende' verlangen, dit is: het namens het tevoorschijn gewrongen kind door mij gevoelde verlangen om niet te hoeven leven maar onmiddellijk weer te mogen verdwijnen door het gat in de tijd waaruit ik met mijn kop vooruit tevoorschijn ben gedoken.

Zodra ik, telefonisch, had vernomen dat mijn dochtertje was geboren, ben ik in mijn auto naar het ziekenhuis gereden, waar ik, de witte zondoorstraalde verloskamer betredend, dáár was en gelijkertijd ergens anders: weliswaar was ik veertig jaar, kalend en met witwordend haar, gelijkertijd was ik een kleuter, omringd door gekwaak, en gedwongen te kijken naar wat ik zag zonder te doen alsof ik iets anders zag, – ik was terug in het Tjideng-kamp en het was alsof mijn ene voet zwaarder was dan de andere en ik met die ene voet aan de vloer zou vastgroeien:

op de tafel lag een vrouw zonder kleren aan op

haar rug, met haar benen omhoog en uitelkaar. Vóór de tafel, op een kruk, zat een arts die bezig was de ravage tussen de benen van de vrouw te fatsoeneren: alles wat daar was opengescheurd en nooit meer mij zou vertederen, aangezien het voorgoed was beschadigd, hechtte hij met naald en draad weer aan elkaar, – de naald die hij hanteerde was sikkelvormig. De ravage: er kleefde tegen de binnenkanten van haar dijen een vacht van bloed, uit de brede gapende kloof daartussen bleef bloed en ander bloedrood vocht in golfjes tevoorschijn kabbelen, – langs de rand van de tafel viel dit, hoorbaar, als regendruppels, in een witte schaal die tussen de voeten van de arts op de vloer van de verloskamer stond. Zoveel bloed! – het leek of er met een vuurwapen op het lichaamsmiddelpunt van deze vrouw was geschoten.

Al die moeders, zoveel moeders.

Het ging door mij heen dat ik ooit heb gedacht: nu wil ik een andere moeder.

Het slapende kind in het ijzeren bedje naast de tafel waarop de vrouw lag, was mijn dochter. Haar heb ik, – niets bestaat of heeft bestaan dat niet iets anders veroorzaakt, heeft veroorzaakt of zal veroorzaken, – de naam gegeven die de enige naam is die zij kan dragen, haar leven lang, mijn verdere leven lang.

Toen ben ik weer in mijn auto, waarvan het dak mij overhuifde als een wijde hoed, naar huis gereden om zogenaamd onaangeraakt, onaangedaan, onverstoord, mijn werk, waar ik dit had onderbroken, te hervatten. Maar mijn handen beefden zo erg dat ik niet kon schrijven en de pen steeds uit mijn hand viel.)

Op het koempoelanplein vol kwakende vrouwenkikkers en kinderkikkers zag ik mijn grootmoeder, die door mijn moeder en een andere vrouw bij het kikkeren werd geholpen, op zeker ogenblik voorover kantelen. Ik hoorde de zucht die haar daarbij ontsnapte, en die temidden van het gekwaak uit de duizenden monden om ons heen klonk alsof ze zong. Haar gezicht was zo bezweet dat het was of ze een vloeibaar masker droeg dat in druppels en stralen van haar af viel.

In mijn herinnering is het verschrikkelijkste detail dit:

toen het hoofd van mijn grootmoeder tegen de grond klapte, raakte haar knot los en viel haar haar in dunne grijze pieken langs haar wang omlaag. Ik, die mijn grootmoeder nooit anders dan met die knot had gezien, moet hebben geweten dat met het uiteenvallen daarvan de ontbinding van haar lichaam was begonnen, – ik wist dat zij bezig was met sterven, en dat de vliegen nu op haar zouden neerstrijken zonder door haar of iemand anders te worden weggejaagd.

Mijn moeder en de andere vrouw begonnen aan

mijn grootmoeder te sjorren, om haar in ieder geval weer overeind te krijgen, in welke houding dan ook: ze deden dit terwijl ze doorgingen met kikkeren en kwaken. De grootmoeder wist nog op haar knieën te gaan zitten, haar achterwerk op haar enkels, haar met hansaplast, touwtjes en stukjes ijzerdraad bijeengehouden bril leek mij nu wel definitief kapot te zijn, er stroomde bloed uit haar neus en mond, dat tussen de bloemetjes op haar jurk viel. Tot kikkeren kwam zij niet meer, ze liet zich voorover vallen, en begon, steunend op haar ellebogen, haar gezicht in haar handen, hulpeloze heen- en weergaande hobbelbewegingen te maken, bid voor ons, zondaars, nu en in het uur van onze dood.

Het kwam in mij op dat iemand het haar van mijn grootmoeder zou moeten kammen, of er dan toch voor zou moeten zorgen dat het niet zo in pieken door het bloed slierde (waarbij ik aan penselen dacht, die in rood waren gedoopt, en die Japanse lettertekens op het asfalt schilderden). Het kwam in mij op dat we zouden moeten beginnen duizenden weesgegroeten op te zeggen, en tevens dat dit niets, *niets* zou helpen.

Al deed ik mijn best om mij een machientje voor te stellen dat men zou kunnen aanzetten om taferelen te zien die aangenamer waren dan de taferelen die men in werkelijkheid zag, ik slaagde daar minder in dan ooit. Niet wilde ik iets anders zien dan ik zag of aan iets anders denken dan aan wat ik zag, – ik wilde *niets* zien en aan *niets* hoeven denken: ik wilde er niet zijn, ik wilde niet bestaan. Ik wilde best samen met mijn grootmoeder of zelfs in plaats van mijn grootmoeder sterven, terwijl het laatste dat ik zou zien om in mijn netvliezen te laten bezinken een kleur was: rood, de kleur van de dood, die als een bloedspat voorkwam op de Japanse vlag.

Wippend op mijn hurken en harder kwakend dan wie ook, om alles dat in mij opkwam met mijn eigen stemgeluid te dempen en alle geluiden om mij heen met mijn eigen stemgeluid te overschallen, draaide ik van mijn grootmoeder en moeder weg en begon, hand aan mijn hoed, tussen de andere kikkerlichamen door te springen, kwaak-kwaak-kwaak, Daantje, – op zoek, op weg naar het nietzijn, maar eigenlijk ging ik op zoek naar Nettie Stenvert: ik had haar iets te zeggen, maar wist niet meer wat.

Ik vond haar, kikkerend aan de hand van haar moeder, die haar hoofddoek kwijt was en nu, zoals zoveel vrouwen, met kaalgeschoren hoofd aan de zon was overgeleverd. Met kleine sprongetjes manoeuvreerde ik zo, dat ik achter Nettie terecht kwam, om te kijken naar haar donkerblonde pijpekrulletjes, die bij iedere sprong die ze maakte vrolijk opwipten en daarna op zo'n manier tegen haar wangen en in haar nek terugvielen dat ik er een ogenblik niet van kon kwaken omdat ik moest slikken, – geef mij een kus en ik verander in een prins.

In het ene ogenblik dat ik zweeg hoorde ik het

duizendkelig kikkergeschreeuw om mij heen, vermengd met al het overige dat er te horen was: schieten, slaan, vloeken, huilen, hoefgetrappel, laarzengestamp, en voor het eerst in mijn leven werd ik bestormd door de paniekangst die te maken heeft met dood, doodgaan, doodzijn, dood willen zijn (maar zeker was dat ik pas zou sterven als alle anderen, ook Kenitji Sone, ook het paard van Kenitji Sone, ja zelfs misschien ook Nettie waren gestorven, want ik zou eerst moeten getuigen van mijn leven, dit is: van *het* leven in de tijdsspanne die ik heb bestaan).

Met één sprong belandde ik naast Nettie, en nog voordat ze opzij had gekeken om te zien wie daar opeens, zo hard als hij kon, uit volle borst, zat te kwaken, zag ik dat ook haar gezicht nat was: het zweet viel van haar voorhoofd en wenkbrauwen in haar ogen, waar ik het zag glinsteren zoals zilverpapier glinstert. Ik dacht aan de ogen van haar pop, zoals zij met haar ogen zat te knipperen om het vocht er uit weg te knijpen.

Hijgend bracht ik uit: 'Onze oma gaat dood.' Dat zei ik, terwijl mij te binnen schoot dat ik haar eigenlijk dat àndere had willen zeggen: – iets dat zeer feestelijk was en in verband daarmee iets dat mij met trots en blijdschap vervulde, maar ik wist niet meer wat dat was.

'Dan tjoep ik van jullie oma dat kralending waarmee ze altijd gebedjes ligt te mummelen,' zei Nettie, ook hijgend.

'Dat heet een rozenkrans,' kwaakte ik, – 'als je niet katholiek bent en je raakt een rozenkrans aan, dan branden de kralen gaten in je handen.'

Nettie was hierdoor niet geschokt, zoals ook ikzelf er niet door zou zijn geschokt, – wij maakten in werkelijkheid dingen mee die even vreselijk waren, en waarvan het vreselijkste was: dat wij ten slotte niet meer konden worden geschokt, niet meer konden worden ontroerd, niet meer in staat waren wat dan ook nog te voelen, – wij waren geworden zoals onze vereelte voetzolen.

Dat verklaart misschien het schateren van degenen die de Japanse kampen bewuster hebben meegemaakt dan ik, en ze hebben overleefd: liever 'doen alsof' er 'iets anders' heeft plaatsgevonden dan er heeft plaatsgevonden, liever lachen dan het in de geest nòg eens te moeten meemaken, liever helemaal niet meer aan denken.

Deze gebeurtenis, die van ons allemaal kikkers maakte, vond plaats op 30 April 1945. Ik werd op die datum vijf jaar, – ik kreeg van mijn moeder een boek, aan de hand waarvan zij de leeslessen die ze mij had gegeven kon voltooien en dat ik weldra helemaal zelf en zonder hulp kon lezen: *Daantje gaat op reis.* Wie weet, wat mijn moeder van haar armzalige kampbezittingen heeft moeten ruilen om dat boekje in bezit te krijgen. Het was een besmeurd en beschadigd exemplaar, sommige bladzijden lagen los in de kaft, er waren zelfs bladzijden zoek, maar ik was trots en blij, zoals ik het pas ongeveer twintig jaar later opnieuw zou zijn, toen ik het eerste door mijzelf geschreven boek in handen hield.

In April 1945 werd het Japanse eiland Okinawa veroverd en begon het beslissende luchtoffensief tegen Japan. Op mijn verjaardag, dat jaar, beging in het platgebombardeerde Berlijn Adolf Hitler zelfmoord door zich met een revolver in de mond te schieten. De gevangenen van het Tjideng-kamp werden door deze gebeurtenissen op verschrikkelijke wijzen gestraft.

Mijn grootmoeder stierf vier dagen later, op haar plank in de aanrecht.

Wij hebben gezien en beluisterd hoe haar lichaam zich tot boeboer ontbond terwijl ze nog in leven was, en de kralen van haar rozenkrans steeds langzamer door haar vingers gingen, – eerst begon haar magere lichaam op te zwellen en raakte het overdekt met grote bruine vlekken, toen begon ze te druppelen, toen begon het inwendige van de aanrecht vervuld te raken van niet te beschrijven en onduldbare stank, zodat mijn zus en ik er niet langer, een verdieping lager dan onze grootmoeder, in wilden liggen.

Op 4 Mei 's morgens wikkelde mijn moeder, hardop huilend zoals ze huilde als ze werd geslagen, haar moeder in een rieten mat en tilde de slappe bundel op de strijkplank. Zij de strijkplank aan een touw achter zich aan trekkend, en mijn zus en ik ter weerszijden ervan het rijdende ding met beide handen overeind houdend, hebben we de grootmoeder voor het laatst door de straten gereden en haar afgeleverd bij het poortgebouw.

Ze ligt ergens in het huidige Djakarta begraven op een kerkhof vol eendere witte houten kruisen: graf nummer 74.

Zij was een zachtaardige, geduldige, naar men zegt zeer geestige vrouw.

Na deze uitvaart zijn mijn zus en ik juichend en joelend, ieder op één rolschaats, naar huis teruggestept, – mijn moeder sjouwde de strijkplank, want die kon nog dienen als ruilobject, de rozenkrans van mijn grootmoeder hing vanaf die datum als een ketting om haar nek.

Juni 1945 ging mijn zus met haar rolschaats kopje onder in het open riool voor het huis waar wij woonden: zij verdween met dysenterie in het kampziekenhuis, en naarmate zij meer en meer leek te zullen verdwijnen, mijn grootmoeder achterna, lachte mijn moeder minder en minder, en als ze lachte dan korter en niet meer met haar tanden bloot.

Het enige dat mij opwond was het verlies van de rolschaats die niet, gelijkertijd met mijn zus, uit het riool was opgevist.

Op 29 Juli 1945, zo hoorden we later, stierf mijn grootvader, de componist.

Op een dag in de eerste helft van Augustus 1945 stierf Nettie Stenvert.

Op 2 September 1945 capituleerde Japan, – ook na deze datum zijn wij nog maanden in het kamp gebleven.

Het apparaat dat je kunt aanzetten om taferelen te zien die je graag wilt zien, en die minder verschrikkelijk zijn dan de dingen die je anders zou zien, of dan de dingen die je geest overrompelen en waaraan je niet zonder angst en beven kunt denken.

In de laatste uren van het leven van mijn moeder bood de Nederlandse televisie de volgende programma's:

Op Nederland 1, om 19.00 uur: 'De KRO komt langs in... Dordrecht'. 'Gevarieerd programma vanuit de Merwedehal. M.m.v. Tommy Reilly, Ted de Braak, Thérèse Steinmetz, Joke Bruys, de Beren van Vienne, Bloem, Tante Leen, Joe Harris, Los Allegros, het Internationaal Folkloristisch Danstheater. Presentatie: Hans van Willigenburg'.

Het is waarschijnlijk, dat als mijn moeder haar televisietoestel had aanstaan, ze dit programma heeft zien flakkeren, en niet het popmuziekprogramma 'Star Club 1', dat gelijktijdig op Nederland 2 aan de gang was. De kans, dat zij zich zou kunnen ontspannen, was groter op Nederland 1, – zij was gespannen.

Om 19.55 uur begon het programma 'Voor een briefkaart op de eerste rang'. 'Filmmagazine van Bob Bouma. Speciale gast Rijk de Gooyer, n.a.v. zijn rol in de nieuwe Nederlandse speelfilm "Het verboden bacchanaal" van regisseur Wim Verstappen'.

Mijn moeder heeft op dit tijdstip waarschijnlijk overgeschakeld naar Nederland 2, – de Ster:

'Hello, how are you! Morgen bij Peek en Cloppenburg', 'Het geheim dat je deelt met Sandeman', 'Victoria Vesta verzekert modern. Victoria Vesta een veilig gevoel', 'Pankie glijdt er altijd in. Pankie in de gloria. Van Victoria', 'Silan superzacht. Dringt dieper in de vezels door'.

Bôông, 20.00 uur, het Journaal:

De tweeënvijftig Amerikanen die in Iran vierhonderdvierenveertig dagen in gijzeling hebben doorgebracht zijn in de Verenigde Staten teruggekeerd. De weduwe Mao Zhedong, Jiang Qing, is door een speciale rechtbank in Peking ter dood veroordeeld, maar krijgt uitstel van executie. De firma Iglo brengt vergiftigde diepvriesprodukten in de handel. De VVD heeft voor de derde keer Hans Wiegel aangewezen als lijstaanvoerder voor de algemene verkiezingen. In de buurtschap Slangenburg in de Gelderse Achterhoek zijn veertig man van de Mobiele Eenheid en honderd geüniformeerde agenten ingezet om het illegale radiostation Radio Milano op te rollen. Het weer: overwegend droog en kans op mist. Temperatuur tussen 2 en 6 graden.

Daarna opnieuw de Ster:

'Gisteren deed ik het nog. In mijn eigengemaakte soep', 'Fa Deodorant met de wilde frisheid van limoenen', 'Voor de kleine wasjes tussendoor. Van je hiephiephiephoera', 'Want dat is steeds waar hij op let. Mister Edet. Zo ist maar net'.

Hierna begon, op Nederland 2, 'Dodelijke kennis', spannende Britse serie, deel 2 ('Kirby is er nog altijd niet zeker van, of Laura een agente is of een argeloze helpster in deze zaak. In ieder geval heeft zij over hem gepraat met haar stiefvader Fane. Voorts moet hij voor een achtergelaten gecodeerde boodschap naar Frankrijk toe. 'n Goed gesprek met ene Madame Lafois aldaar blijkt noodzakelijk. Kirby: John Gregson. Laura: Prunella Ransome. Madame Lafois: Elisabeth Bergner').

Hier heeft mijn moeder niet naar gekeken, en ook heeft zij niet gekeken naar 'Gunsmoke' (Amerikaanse westernserie, aflevering 'De weduwemaker'), dat om 20.40 uur op Nederland 1 begon: –

zij heeft omstreeks deze tijd met mijn zus getelefoneerd, ze was bedroefd en bang, ze moest huilen. Ze belde op om te danken voor de twee brieven die mijn zus haar had geschreven en die ze niet meer kon beantwoorden, ze beefde zo erg dat de pen haar uit de hand viel, laat staan dat ze ermee zou kunnen schrijven. En om te zeggen dat ze almaar moest denken aan het gesprek dat mijn zus en zij met kerstmis hadden gevoerd, maar dat ze er nu eenmaal ook niets meer aan kon doen, het was te laat, ze liep de hele tijd te grienen, ze voelde zich gespannen, net of er iets zou gaan gebeuren.

Of ze haar pillen al had genomen, vroeg mijn zus. Nee, dat had ze niet. Nou, doe dat dan eerst.

De pillen die mijn moeder gebruikte om haar angsten het zwijgen op te leggen en het beven van haar handen en hoofd te temperen heten Eldopal Retard, Sinemet, Disipal (alle tegen de ziekte van Parkinson), Pyridoxine Labaz (tegen allerlei degeneratieverschijnselen), Librium (tegen van alles en nog wat waarvoor namen bestaan en van alles en nog wat waarvoor geen namen bestaan), Glifanan (tegen pijnen), Calcium Sandoz (tegen vermoeidheidsverschijnselen), Mogadon (om te kunnen slapen, om de bijverschijnselen van alle andere medicijnen en neuroleptica die ze tot zich nam te bestrijden), – hoe poëtisch zijn al deze namen, even poëtisch als roos, floxia, klimmende winde, bloemen in mijn tuin die bewegen als de wind ze aanraakt. Het was te laat. Het was te laat.

Toen vroeg mijn zus of ze al iets had gegeten. Nee, ook niet, – mijn moeder had geen trek. Je moet wat eten, zei mijn zus, – maak maar een boterham. Daarna moet je proberen te slapen.

Om 21.20 uur heeft mijn moeder, daar ze graag lachte, op Nederland 2 misschien nog gekeken naar 'Wordt u al geholpen?' – Populaire Britse serie 'Are you being served?' ('Afl. "Alles voor de verzekering". Grace Brothers Warenhuis organiseert een groot medisch onderzoek voor het personeel i.v.m. de verzekeringen. Iedereen bereidt zich voor op een grondig onderzoek. Met o.a. Mr. Humphries: John Inman. Mrs. Slocombe: Mollie Sugden').

Dit programma was om 21.50 uur afgelopen, – op dat tijdstip begon de aktualiteitenrubriek 'Aktua TV'. Mijn moeder zal het televisietoestel hebben uitgezet om aanstalten te maken om naar bed te gaan, misschien was morgen alles over. Ze heeft nog gekeken naar het portret van haar man dat op het televisietoestel stond, ze heeft het nog een halve centimeter verplaatst, zoals ze altijd deed wanneer ze zich in de buurt van het portret bevond, misschien heeft ze vluchtig overwogen om nog iemand anders op te bellen, misschien om zelfs mij op te bellen, – en misschien ook waren haar wil en haar verlangen dat het telefoontoestel in haar appartement opeens zou gaan rinkelen omdat iemand háár nog wilde spreken zo sterk dat ze *verwachtte* dat het zou gaan rinkelen en stak ze haar bevende hand al naar het toestel uit.

De laatste taferelen die zich aan haar ontrolden zag zij niet op het beeldscherm van het televisietoestel: – het moeten de taferelen van haar eigen 'levensfilm' zijn geweest, waarvan zij er vele was vergeten. Zij zag de gezichten terug van alle personen die in haar leven zijn geweest, zij was terug op alle plaatsen, in alle huizen, in alle kamers waar haar leven zich heeft afgespeeld. (Dat ze haar leven lang zo moedig is geweest. Haar niet te verwoesten optimisme, haar altijddurende vrolijkheid.)

Eén van die taferelen moet zijn geweest dat zij in het Tjideng-kamp slapend op de aanrecht ligt uitgestrekt en dat ik bij haar zit in mijn hansop van rode, blauwe, roodblauwe, purperen ballen, mijn voeten vol eelt, en dat ik mij heel klein heb gemaakt om haar niet te hinderen, ik ben voor haar het laatste dat zij ten slotte nog bezit, zoals zij voor mij het laatste is dat ik ten slotte nog bezit, – met mijn hoed waaier ik haar koelte toe, scherp oplettend dat er geen vlieg op haar landt, het is mij aan te zien dat ik niet wil dat mijn moeder sterft, als mijn moeder sterft zal ik haar zachtjes voorlezen uit mijn boek.

Ditzelfde tafereel zal ook ik eerlang in mijn eigen levensfilm zien, en vervolgens zal ik in die film zien dat ik, tientallen jaren later, dit tafereel onder woorden zit te brengen in een of ander, het zoveelste, boek dat ik dan schrijf: een schrijver als ik leeft zijn leven twee keer, – de tweede keer wanneer hij onder woorden brengt wat hij de eerste keer heeft meegemaakt.

Zo was mijn moeder eindelijk daar gekomen dat zij nog van uur tot uur, daarna nog van minuut tot minuut, en toen nog van seconde tot seconde leefde. Met in haar mond de smaak van kaas zag zij zichzelf ten slotte van een bank af op een vloerkleed vallen, en begon haar lange staren in de vlammen van een open vuur, wat haar rustig maakte, – zo rustig als zij haar leven lang niet is geweest.

'Heb het goed of wees gelukkig daar waar je bent of heengaat of zult verblijven.'

De dood is een monumentale bloedrode kikker. Hij zit vraatzuchtig aan de oever van een brede stroom, die de stroom van zielen is. Als een harpoen werpt hij zijn tong uit, bedaard laat hij zijn kaken malen, waartussen het ritselt voordat hij slikt, – dan richt hij zijn harpoen opnieuw. Waar hij zit klinkt een gekwaak van tal van nagesynchroniseerde talen, uitgestoten door zijn knechten. Waar hij zit is geen zonsopgang meer, de zon staat eeuwigdurend rood in het centrum van een of ander heelal, eeuwigdurend gehuld in mist.

De klokken tikken.

Mijn moeder stierf, en ongeveer gelijkertijd liet ik mijn gast uit, tegen wie ik zei: – laat mij nu maar met rust, ik sluit mij bij geen enkele vereniging aan, ik sluit mij aan bij niets, ik doe alles wel alleen, ik besta van top tot teen uit eelt. (Vertaald betekent dit: ik ben bang, ik ben ziek van haat, het is te laat om mijzelf nog te genezen.)

Mijn moeder stierf, en ongeveer gelijkertijd dacht ik aan Liza. In mijn verbeelding stond zij in het stadje waar zij woont aan het raam, onrustig, denkend aan mij zoals ik dacht aan haar, en verlangend naar mij zoals ik verlangde naar haar, zij stond naast de telefoon die nu ieder moment kon beginnen te rinkelen, zij had het gevoel alsof iemand tegen haar aan blies.

Ik zag dit vergeten filmbeeld:

toen ik, jaren geleden, de ochtend na de processie, Liza verliet, stond zij, terwijl ik al achter het stuur van mijn auto had plaatsgenomen, in haar tere doorzichtige libellekleurige slaapgewaad aan het raam van haar appartement. Met haar ene hand hield zij de vitrage omhoog, met haar andere hand zwaaide ze naar mij en ik zwaaide terug, loom, na mij nog één keer achteloos in haar lichaam te hebben bevredigd waarbij ik dacht: hierna maak ik dat ik eindelijk weg kom. Allervoorzichtigste maagd, Eerwaardige maagd, Lofwaardige maagd.

Het ogenblik dat ik mijn auto startte, was het ogenblik dat de deur van de klokkenwinkel onder Liza's raam van binnenuit werd geopend: de klokkenwinkelier betrad het trottoir, – in zijn ene hand had hij een lange stok met een haak eraan, in zijn andere hand een sleutelbos. De haak aan de stok pikte hij in het oog onderaan het stalen rolluik dat voor de etalage van zijn winkel was neergelaten, en dat uit een netwerk van met elkaar verbonden tralies bestond, een van de sleutels aan zijn sleutelbos dreef hij in het slot dat het rolluik vergrendelde om er geruime tijd met stoterige bewegingen mee in het sleutelgat rond te morrelen. Het traliewerk begon naar boven te ratelen, in zijn vaart afgeremd door de stok met de haak die de winkelier met zijn beide handen omklemde en langzaam liet vieren. Ik zag in de etalage de klokken verschijnen, – Indus, Prisma, Pontiac, Zenith, Longines, Certina, het was plusminus half negen. Tussen de tientallen uurwerken in de etalage stond een Mariabeeld van wit porselein tussen twee vaasjes verleppende bloemen.

Ik achter het stuur, hand aan de knop van de versnellingspook die ik op achteruit had gezet, rechtervoet loodzwaar op de gaspedaal, het belletje aan mijn broekspijp rinkelde, – zo zag ik het decor waarin Liza als op het scherm van een televisietoestel aan het raam stond langzaam achteruit wijken. Onder het kralensnoer door, dat een rozenkrans moest voorstellen, reed ik het stadje uit, langs het stalletje van Bethlehem, het huisje van Nazareth, en alle andere plaatsen uit het leven van de moeder van Christus.

Het laatste omtrent Liza dat ik zag voordat ik wegreed van het plein waarop zij stond uit te kijken, terwijl ze mij nawuifde, dag, dahag, was:

dat vlak onder de vensterbank waarachter zij stond het traliewerk zichzelf oprolde, en dat ter hoogte van het onzichtbare (als met goudverf bestreken heilige) snijpunt van Liza's dijen de haak aan het uiteinde van de stok uit het oog van het luik werd getild en het was of ik deze nu snel te vergeten geliefde in haar gazen gewaad een onderdeel van een seconde lang op de stok zag opgespietst.

De telefoon ging en ik was verbonden met het sterfhuis van mijn moeder.

Dezelfde stem die mij enige dagen tevoren de dood van mijn moeder had aangezegd, vroeg mij of ik belangstelling had voor enig meubelstuk of ding uit de nalatenschap van mijn moeder: de directie van het bejaardentehuis wenste het door mijn moeder bewoond geweest zijnde appartement onmiddellijk, met ingang van de nieuwe maand, opnieuw te verhuren, – met het leegslepen ervan werd al een aanvang gemaakt voordat mijn moeder van het bejaardentehuis was overgebracht naar het crematorium.

Laat ons bidden.

Wilde ik haar zo goed als nieuwe en volledig afbetaalde kleurentelevisietoestel? Had ik belangstelling voor haar bank, haar vloerkleed, deze Chinese vaas, dat schilderij voorstellende een lichtblauwe berg op Java met op de voorgrond gele sawavelden, haar bedsprei, haar wadjan, haar rozenkrans, haar kruiswoordpuzzelwoordenboek bevattende éénmiljoen woorden?

Ik hoefde niets, – ik wenste niets te 'tjoepen' (tenzij die bril van haar, maar dat heb ik niet gezegd).

Weken later ontving ik de 'iconografie' van het leven van mijn moeder: al haar fotoalbums, waarin ik alle plaatsen, alle huizen, alle kamers waar haar leven zich heeft afgespeeld heb bekeken, dagen lang, en waarin ik de gezichten heb bestudeerd van alle personen die in haar leven zijn geweest: van haar ouders, haar broer, haar zus, haar man, de ouders, de broers en de zus van haar man, haar kinderen, haar aangetrouwde kinderen, haar kleinkinderen, haar vrienden, vriendinnen, bekenden, huisgenoten,–

maar waar was zijzelf?

Het minst van allen kom ik in de albums van mijn moeder voor: ergens in de tijd verdween ik uit haar leven, en zij verdween uit het mijne.

Met de fotoalbums kwam ik in het bezit van het portret van mijn vader dat zeventien jaar lang mijn moeder vanaf haar televisietoestel heeft aangekeken, en het is of ik het ben die haar vanaf die plaats heeft aangekeken: het is dàt gezicht dat ik zie als ik in de spiegel kijk, – kalende schedel, grijswit haar, ongeveer aan het einde van het tweede bedrijf in mijn leven, vlak voor de pauze.

Ik dacht: ik ben een wees van bijna éénenveertig jaar. In literair opzicht is dit kitsch en psychologisch is het van geen waarde, maar ik dàcht het.

Wat te doen met al die – meer dan duizend – foto's? (De dingen zijn afgedekt met witte lakens en deze zijn bespannen met rag, de mensen die hier vroeger woonden zijn allemaal dood.) Het beste is, ze mee te geven met de wind.

Fragmenten uit een brief van mijn moeder aan haar man, door haar geschreven te Batavia C., terwijl zij nog in het Tjideng-kamp verbleef, op 5 October 1945:

'Mijn liefste Sjoekie, Wat was ik gelukkig, toen ik vanmorgen je brief ontving. Eindelijk een levensteken na bijna twee jaren. Je laatste brief uit Tokio was van 8 Dec. '43, daarna niets meer; je zult wel begrijpen, hoe reikhalzend ik iederen dag uitzag na enig bericht van je; en vooral als je dagelijks links en rechts om je heen brieven ziet bezorgen, mannen ziet thuis komen, nou dan krijg je 't wel eens te kwaad. Ofschoon ik dagelijks bad met de kleintjes voor 't Lieve Vrouwke voor de behouden thuiskomst van Pappie en nu is ook ons gebed verhoord. We mogen zeker dankbaar zijn, dat we allemaal bij elkaar zijn gezond en wel en straks opnieuw met frisse moed een andere toekomst tegemoet, desnoods van onder af aan; maar met ons allen. Ik ben blij, dat je werkelijk gezond ben en nu weer zo fijn bent aangekomen. Wat zal je mager geweest zijn joch 47 Kilo. Heb je anders zo geen narigheden overgehouden, ik moest dikwijls aan je ogen denken, je hoorde zo van blindheid. Enfin volgende keer moet je me maar uitvoeriger schrijven. En nu zit je in Manilla, ik heb de jongens op de kaart gewezen, waar dat precies is. Hoe lang nog Sjoek? Je bent nu bijna 4 jaren weg, je weet niet hoe onuitsprekelijk veel ik naar je verlang.' (...)

'Met mij gaat 't momenteel ook goed; ik woog nog maar 38 kilo en leek meer op een geraamte dan wat anders, dikke benen, vlekken vanwege vitaminengebrek, enfin van alles wat, maar nu we weer van alles krijgen, kom ik alweer aardig bij en weeg nu alweer 42 kilo en begin er alweer beter uit te zien. Ik hoef nu geen broche meer te dragen om te zien waar de voorkant is.' (...)

'Moeder en Vader zijn allebei gestorven en betrekkelijk kort na elkaar. Moeder 4 Mei l.l. aan dysenterie, hongeroedeem en algehele uitputting. Vader eind Juli, juiste datum weet ik nog niet, waaraan weet ik ook niet, maar in zijn geval is dit gelukkig, temeer daar hij Moeder zou moeten missen. Ook dit heb ik me heel erg aangetrokken, vooral waar 't Moeder betrof.' (...)

Over mijn zus: '... die is een flinke meid geworden en is zo handig als iets, maakt vuren aan, kookt en doet, dat 't een lust is, je lacht je dood om haar, ik denk dat je vaderhart barst van verwaandheid, want ze is een echte schat, nog even blond als vroeger.' (...)

'Dan onze Jeroen een kleine boef, géén van de andere is zó stout geweest als hij. Hij is jouw evenbeeld innerlijk en uiterlijk, een verkleinde uitgave in je handel en wandel en is me dit in deze beroerde jaren een grote troost geweest. Hij slaapt iedere dag met jouw photo, isn't nice.' (...)

'Lieverd ik heb gezellig met je geboomd, ik eindig nu maar, omdat de post sluit, ik hoop gauw weer wat van je te horen, nog liever je te zien. Met veel liefs en zoenen van ons allen en 't meeste van je verlangende *Vrouwtje*.'

'P.S. Informeer eens naar: Pieter Franciscus Stenvert, Landstormsergeant stbno 168816, was in Sensuy.'

Op vrijdag 30 januari, te 15.00 uur, werd mijn moeder gecremeerd.

Doordat ze zich heeft laten cremeren bespaart ze mij omtrent haar de wurgende angstgedachte die mij jaren en jaren lang blijft overvallen als ik denk aan de andere doden in mijn bestaan, die niet zijn gecremeerd, maar begraven: hoe zou hij er nu uit zien in zijn graf, in welke staat van ontbinding zou haar lichaam nu verkeren... Van mijn moeders lichaam hoef ik mij niet voor te stellen dat het tot boeboer ontbindt, mijn moeder is vergaan op de wijze waarop een diamant kan vergaan, – in het heetst van de allerliefdevolste omhelzing van vlammen.

Tijdens deze plechtigheid klonk eerst het Largo uit het Tripelconcert van Beethoven; toen de Marche Funèbre uit de pianosonate nummer zesentwintig van Beethoven; toen het In Paradisum uit het Requiem van Duruflé. 'Naar het paradijs geleiden u de engelen.'

Ik heb mij het verloop van de plechtigheid van minuut tot minuut nauwkeurig laten beschrijven, – later heb ik de kleurenfoto's ervan gezien nadat ik mij eerst ervan had laten overtuigen dat bij die foto's er niet een zou zijn die mijn moeder in haar kist zou weergeven: ik wenste mijn moeder niet dood te zien, ik wens mij mijn moeder te herinneren zoals zij in mijn leven is geweest, – al was zij niet aanwezig, in ieder geval was zij levend, want nu en dan draaide ze mijn telefoonnummer, nu en dan hoorde ik haar stem.

De kist waarin mijn moeder lag, was bedolven onder bloemstukken, die afkomstig waren 'uit alle delen van de wereld', de ruimte geurde zoet en feestelijk.

Tussen de muziekstukken door werd gesproken. De moed van mijn moeder. En: 'Dat zij koninklijk was.' 'Zij was de mooiste moeder.' Men las van haar zoon, de schrijver, een fragment voor uit diens roman *Het verzonkene*: – 'Mijn moeder en ik... en opeens ontstaat tussen haar en mij onmetelijke diepte... daarin zie ik mezelf wegzinken, tuimelend om mijn as... zij heeft mij losgelaten, ik ben uit haar armen gevallen... Ach, waar zijn je ogen, m'n moedertje.'

Die middag reed ik in mijn auto door de streek waar ik woon, alleen, 'op weg', hierheen, daarheen, nergens heen, verlangend om er niet te zijn, – het dak van mijn auto overhuifde mij als een veel te grote hoed, de ruitenwissers veegden het glas van mijn cockpit schoon, het mistte, er viel een bijna niet-waarneembare vochtigheid, broembroem, Daantje als oorlogspiloot, de moeder van Daantje verdwijnt van de aarde.

Naast mij, dat verlangde ik, had eigenlijk Liza moeten zitten, – zij legde mij haar rustige koele hand op en sprak misschien één woord en mijn ziel zou gezond worden, – ik zat over mijn hele lichaam te beven, tot in de voetzool die tegen de gaspedaal leunde, zodat mijn gebeef tot in de automotor hoor- en voelbaar was. Het ritselen van haar kleren en de klank van haar stem. Dat lachje van haar. Och, kom, en troost mij (maar ik wil niet van je houden, en ook wil ik niet dat jij van mij zou houden of gaan houden). Wacht maar, wacht rustig. Het duurt nu niet lang meer. Weet u wel hoe laat in de nacht of het is? Jawel, jawel, – ik wil nog één groot boek voltooien, stoor mij niet, dit alles houdt mij al genoeg van mijn werk. Tabé mama, dag, dahag, jij drijft nu weg in de stroom van zielen en ik heb mijn pillen niet bij me. Ik heb geen gedachte omtrent die dood van je, tenzij van het soort dat in letterkundige zin moet worden gerangschikt onder kitsch. Och Liza, ik *voel* niets, maar iedere nacht mag je bij mij komen in mijn droom, – zwaai naar mij met de vitrage voor je raam, in het doorzichtige teerblauw van je slaapgewaad zie ik het gouden dons in je oksel. Dag, dahag. Tabé njonja, mater dolorosa, jij verdwijnt nu in je mooiste jurk met de wolkachtige motieven in het vuur en de rookpluim die je nalaat vervluchtigt in de mist, – ik neem straks, thuis, de zoveelste 'Seresta Forte' of ga mij eens te buiten aan jenever bij wijze van remedie tegen mijn lichamelijk ongemak en als troost voor al het overige, om weg te zijn, weg van de wereld, weg uit mijzelf.

Ergens, waar ik opeens was, – een mij onbekende plaats die mij toch bekend voorkwam, een plaats, zo bleek later, die zich dicht bij mijn huis bevond en die ik, misleid door de mist en de verwardheid van mijn gedachten, had bereikt na klaarblijkelijk urenlang in lussen te hebben rondgereden, – stuurde ik de auto een bospad op, niet in staat om mijn beven te beteugelen en de auto naar behoren te blijven besturen.

Ik begon, op een holletje, alsof ik werd achtervolgd ofwel alsof ik haast had om nog ergens op tijd te zijn, door het bos te sjokken, verdwaasd van angsten alweer, die ik niet in staat was te bestemmen of te beredeneren, in mijn hoofd was dezelfde mist als in het bos. In het bos had die mist zich tussen de naakte en nietnaakte bomen opgestapeld tot torens, kastelen en gothische kerken: – ik was in een spookstad waar alles was behangen met drapeersels van rag dat leek op oud dood haar vol leeggezogen insekten, iedere spindraad was bezet met kleine regendruppels, er waren erepoorten die waren ontstaan door de woekergroei van duizenden elfenbanken in duizenden kleurvarianten, alles druipend, alles schijnbaar onontdekt en onbetreden. Stap-stappe-stap. Wie zou zich zonder bel in deze grauwe doolhof durven wagen?

Niet ik holde tussen de bomen door, de bomen holden om mij heen, hun takken uitstrekkend naar mijn gezicht om het als een masker van mij af te rukken en mij er een gezicht van mist voor in de plaats te geven. Niet ik drong het bos in, het bos drong zich op aan mij, alsof het bestond uit decorstukken die eigener beweging waren beginnen te lopen, mij omsingelend en blokken mist voor zich uit schuivend waarin ik mijzelf onzichtbaar zag worden, alsof ik verdween in een gat in de tijd: –

Ik ben vijf jaar en enige maanden oud, ik draag mijn apebroek met bonte ballen, ik draag mijn helmhoed, ik draag mijn schoenen van eelt en aan mijn rechtervoet een rolschaats.

Het is begin Augustus 1945, – ik bevind mij, maar dat weet ik nog niet, in een epicentrum van de wereldgeschiedenis: wat er gebeurt verandert het aanschijn der aarde, god wordt ontgoddelijkt, het leven zal vanaf deze dagen nooit meer zijn wat het vóór deze dagen is geweest, want in één klap zijn alle epoques ten einde en het einde wordt gemarkeerd door het in eeuwen niet onzichtbaar te maken litteken van een brandwond op de huid van de wereld en van de hele mensheid.

Op 6 Augustus valt de atoombom op Hiroshima, drie dagen later valt de atoombom op Nagasaki.

De bewoners van het Tjideng-kamp worden tot straf voor deze bombardementen te hoop gedreven op het koempoelanplein en zullen twaalf, dertien uur in de houding moeten blijven staan, de Jap gaat schietend, sabelhouwend en geselend rond, er moet opnieuw worden gekikkerd en gekwaakt.

Bij die gelegenheid versnippert de Jap alles wat zich aan papier in het kamp bevindt: bijbeltjes, kerkboekjes, andere lectuur, dagboekjes, tekeningen, brieven (maar ik draag mijn eigen boek, *Daantje gaat op reis*, op mijn blote lichaam bij mij, tussen de bladzijden van dit boek bewaar ik de foto van mijn vader in het uniform van het Koninklijk Nederlandsch-Indisch Leger), de Jap snijdt matrassen open en gooit als een gravende hond de kapok om zich heen, de Jap slaat vensterruiten aan diggelen, de Jap breekt vloeren open, de Jap sticht brand in de uitgewoonde kamphuizen, waarbij kleren, klompschoenen, klamboes, meubelstukken (en ook onze strijkplank) tot as verkruimelen.

Véél is er niet meer dat kan branden of op een andere manier kan worden vernietigd, maar het zijn de laatste kostbare bezittingen van de levende doden in dat kamp.

Wie beseft de waarde van een pannetje, of van een blikje, of van een pollepel, of van een pispot, als een dergelijk voorwerp het enige is dat men nog bezit om het allerkostbaarste in te bewaren dat men in een concentratiekamp in de tropen kan bezitten: water, een bodempje water, vijf druppels water, waarvoor men urenlang in de rij heeft moeten staan, omdat er per straat maar één kraan is die water geeft, die bovendien op pesterige wijze is afgesteld op het leveren van een draaddun straaltje.

Wie zou weten hoe onschatbaar het bezit is van een doosje of trommeltje of enig ander afsluitbaar ding, die niet heeft meegemaakt dat het ding moet dienen als safe om de paar centimeters brood of de paar grammen rijst in te bewaren die soms worden verstrekt als er eens iets anders wordt verstrekt dan boeboer, en met welk voedsel zo zuinig mogelijk moet worden omgesprongen omdat niemand weet of en wanneer er nieuwe rantsoenen worden verstrekt, en men zich ook nog dient te beschermen tegen de diefachtigheid van mede-kampbewoners: mensen, ratten en kakkerlakken, allen belust op eten, allen alleen nog levend met de aandrift om te blijven leven.

De Jap gaat rond met de klaarblijkelijke bedoeling het hele kamp te verwoesten, zoals in het op deze data al bevrijde Europa ook de mof in de laatste oorlogsdagen is rondgegaan door sommige van zijn concentratiekampen om ze volledig te verwoesten, – die kampen weggummend uit de landschappen opdat er niet zou kunnen worden getuigd, of dan toch niets zou kunnen worden bewezen.

Wij staan in de zon, ik op mijn rolschaats hang tegen mijn moeder aan, haar magere dij omklemmend met mijn beide armen. Haar lichaam is klam zoals alle kamplichamen klam zijn: het zijn lichamen die niet meer kunnen zweten van vervuiling en omdat in die lichamen bijna geen vocht meer is dat kan worden uitgezweet (of uitgehuild, – huilen doen die lichamen zonder vochtverlies. Zo ook kunnen die vrouwenlichamen niet meer menstrueren omdat daartoe te weinig bloed aanwezig is gebleven).

Tegen de avond, als de zon zo rood als een afgeslagen hoofd in de aarde verzinkt, verschijnt commandant Sone op het appèlplein, – hij is te voet, maar draagt laarzen met sporen zodat iedere stap die hij zet rinkelt. Hij heeft een rotan stok bij zich, waarmee hij de lucht om zich heen loopt te ranselen, – het bijna zingende geluid dat dit veroorzaakt is hoorbaar tot in de verste hoeken van het plein, tot in de verborgenste kronkels van mijn hersens, waar het wordt opgeborgen in het geluidenarchief van mijn geheugen. Hij is dronken en houdt zich maar met moeite op de been, zijn ogen zijn rood, zoals ook de sterren, de medailles en de overige glinsterdingen waarmee hij zich heeft opgetooid rood zijn, – de kleur van de lucht weerspiegelt zich erin, de kleur van de lucht blijft rood nadat de zon volledig is verdwenen: er staan hele huizenblokken in brand, de vlammen vervangen de hitte en het licht van de zon die ik in de versierselen op het lichaam van Sone heb zien ondergaan.

De commandant houdt een kwartieren durende toespraak, waarbij hij nu en dan dreigt om te vallen, – nu eens trekt hij zijn sabel, dan zijn pistool, hij is verschrikkelijk kwaad en hij heeft het verschrikkelijk warm: zijn hoofd is vloeibaar, zozeer staat hij te zweten, staat hij tranen te storten, staat hij speeksel uit te stoten bij ieder woord dat hij uitschreeuwt en dat zou moeten worden nagesynchroniseerd in enige begrijpelijke taal, want niemand van de vrouwen en kinderen begrijpt wat hij zegt.

(Ik hoef niet te begrijpen wat hij zegt om hemzèlf te begrijpen, – ik sta gefascineerd naar zijn natte gezicht te kijken, naar hoe dat in druppels en straaltjes van hem af druipt. Heeft Sone ook een moeder?

Hèbben Jappen dan moeders? Is de moeder van Sone soms dood en staat hij daarom zijn geweldige dramatische toespraak op te voeren terwijl de coulissen branden en de honderden figuranten naar hem opzien met niets in hun holle lichamen, tenzij haat, en hun magen knorren als kikkers?)

Banzai! Banzai! Banzai!

Er worden houwelen, patjols en schoppen uitgedeeld, en nadat Sone-zelf met zijn stok de plaats heeft aangewezen, – op enkele meters verwijderd van waar ik, hoed op één oor, met mijn wang tegen het bovenbeen van mijn moeder sta te leunen, – beginnen vrouwen het zachte asfalt te openen om vervolgens in de rode aarde die er onder zichtbaar wordt een metersbrede en -diepe kuil te hakken en uit te graven.

De Jap decreteert dat daarbij gezongen moet worden. Het 'kamplied', zoals dit ooit toevallig moet zijn ontstaan: 'Laat nu de klok maar luiden, laat nu de klok maar slaan, want er is geen land in het zuiden, dat Tjideng kan verslaan, 't zal niet gaan...'

Aan de rand van de kuil staat een vrouw met beide armen de maat te zwaaien. Sone, die naast haar staat, tikt met zijn stok de maat van het lied mee tegen haar achterwerk en kuiten, – zijn kop is rood, bij iedere ademhaling zwelt zijn borst als de balg van een kikker, hij voedt zich met het bloed en de lichamen van vliegen.

Ik zing dapper mee, balancerend op het ene been

waarmee ik op de rolschaats sta, die met kapotte riempjes en stukjes touw aan mijn blote voet vastzit, – ik laat mijn ogen niet van Sone los, tabé toean, ik groet in hem de glurende Dood persoonlijk.

Later is mij verteld, dat men bang was dat die nacht, in het kader van de totale vernietiging van het kamp, alle gevangenen zouden worden doodgeschoten, met tien of twintig tegelijk, tot de gegraven kuil vol lijken was, – waarna andere vrouwen een nieuwe kuil zouden moeten graven, om met het zand daaruit de vorige kuil te dempen en om dan zelf te worden doodgeschoten en met hun lichamen de nieuwe kuil te vullen, enzovoort. Dit alles onder het zingen van 'Hop Marjanneke', 'Daar was laatst een meisje loos', 'Hoog op de gele wagen' en zelfs, omdat er van de Jap gezongen *moet* worden, het geeft niet wat, 'Wij gaan nog niet naar huis, nog lange niet, nog lange niet...'

Als men mij dit later vertelt, gebeurt het lachend en met de stemklank van wat als vertedering, ja zelfs als heimwee zou kunnen worden geïnterpreteerd, de haat is verzacht en toen verdwenen, men is de dood gestorven die genaamd is: mildheid. Zo zijn de geschiedenissen ongeschreven gebleven. Beter is, om relativerend te lachen om vroegere angsten: de tijd (Indus, Prisma, Pontiac...) heelt alle wonden, maar niet altijd, niet bij iedereen.

Bid voor ons.

Als de kuil gegraven is, worden er andere vrouwen

gevorderd. Onder dezen is mijn moeder die ik, mager als ze is, van mij weg zie lopen alsof ze onzichtbaar wordt in het geflakker van het vuur dat ons omringt en terwijl in mij de angst begint te dreunen dat ik haar nooit zal terugzien.

‘Hier blijven staan’, zegt ze tegen mij.

(Meer dan drie decenniën later: ik ben daar blijven staan, ik sta daar nog steeds, ik zie mijzelf daar staan, ik kan daar niet weg.)

Met tientallen andere vrouwen verdwijnt mijn moeder door de kamppoort, maar niet lang later, – ik begin harder te zingen van opluchting en geluk, en ik zou willen springen, maar om een of andere reden lukt mij dit niet, – daar is ze weer.

Zij maakt deel uit van een trekploeg: zij en andere vrouwen zitten vast aan een touw waaraan ze een houten, zwaar beladen wagen het kamp in trekken. Bij het verschijnen van deze wagen en van nog een tweede, die door een andere ploeg het plein wordt opgereden, verstomt het gezang. Aan de zijkanten van de wagens zijn vlaggen gedrapeerd, die wit zijn en op het midden waarvan, geheel door het wit omgeven, een grafisch teken staat: rood, – niet een bol, zoals op de Japanse vlag, maar een kruis: het zijn wagens van het Rode Kruis. De vrouwen die de wagens trekken lachen en roepen vrolijke dingen naar de andere vrouwen die op het plein zijn achtergebleven.

Eten! De wagens zijn beladen met zakken vol rijst

en aardappelen, kisten vol brood, manden vol vruchten, en water, tonnen vol water, – de oorlog moet nu wel voorbij zijn, – er is meel, er is vlees, koekjes, kauwgum, koffie, thee, sigaretten, zeep, medicijnen en verbandmiddelen (ik denk: zijn er misschien ook *boeken* bij?)... Gaan wij nu allemaal naar onze huizen om onze pannetjes, blikjes, doosjes en trommeltjes te halen, en mogen we daarna misschien het kamp uit? Waar is mijn zus? Mijn zus zou hier bij moeten zijn. Waar is Nettie Stenvert? Ach, Nettie Stenvert is dood, – haar heb ik twee dagen geleden als een pop van zilverpapier met gesloten ogen in een kist van triplex zien liggen. Eten! Jippiejippiejee! Ik zwaai naar mijn moeder met mijn hoed.

Er gebeurt iets anders dan alle vrouwen en kinderen denken en hartstochtelijk hopen:

Al het voedsel, al die overvloeden moeten van Sone, die er persoonlijk de instructies voor geeft, van de wagens af in de kuil worden gegooid. De knechten van de dood steken en snijden met hun sabels of bajonetten de zakken kapot zodat rijst neerklettert als regen, en meel verstuift zoals eelt verstuift dat men van zijn voeten heeft gevijld. De knechten van de dood gaan op het brood staan pissen, de knechten van de dood verbrijzelen ananassen, papaja's, sawo's, bananen, andere vruchten onder hun laarzen tot modder waar een zoetige geur van opstijgt. Met vlammenwerpers worden de twee wagens in brand geschoten en brandend de kuil in geduwd, waar alles dat branden kan begint te branden en alles dat verkolen kan verkoolt.

Wij staan ernaar te kijken, – mijn moeder, vanuit de verte, geeft mij door middel van dwingende gebaren te verstaan dat ik moet blijven waar ik ben, en niet moet doen zoals sommige vrouwen, die krijsend hun dood tegemoet rennen door de Jap te lijf te willen gaan, of door zich voorover in de kuil te storten, de voedselvoorraden die daarin liggen met beide armen omhelzend, waarbij men de vlammen door hun kleren ziet slaan.

Mijn moeder: wat zie ik toch aan haar? Het is net of ze dikker is geworden. Alsof het Rode Kruis ook borsten heeft verstrekt, waarvan zij er stiekem alvast twee van de wagens heeft afgenomen, – het is niet te geloven, maar mijn moeder lacht, zoals ze altijd lacht. Wonderlijke moeder. Bid voor ons. Beminnelijke moeder. Bid voor ons. Moeder van de goddelijke genade. Bid voor ons. Moeder van Jeroen Brouwers. Banzai!

Alles wat zich in de kuil bevindt wordt ten slotte met water overgoten, daaroverheen wordt het rode zand gegooid, daaroverheen gaan nieuwe golven water en nieuwe lagen zand, totdat er een pruttelende, sissende, borrelende, stinkende blubber is ontstaan, waaruit hardnekkig zwartrode rookwolken blijven opstijgen alsof ze opstijgen uit een niet te doven of tot bedaren te brengen hel, – nooit heeft het Rode Kruis de gevangenen van het Tjideng-kamp met enige gift bedacht, wie later zou willen getuigen zal niets kunnen bewijzen.

De gevangenen van het Tjideng-kamp zouden drie volle dagen niets te eten en niets te drinken krijgen, de Japanners zijn die dagen stomdronken en gedragen zich voor het laatst in hun oorlog als waanzinnige sadisten, en ik, diezelfde dagen, raak voorgoed verdwaald in mijn doolhof waarin ik tientallen jaren de weg zou blijven zoeken, hierheen, daarheen, stap-stap-stap, ik zoek mijn moeder.

'Moe'-'der'.

Al is ze nu dood, misschien tòch vind ik haar, ooit, ergens, in een of andere mist, misschien in mijn eigen geschriften.

Tegen een achtergrond van vuur en roodzwarte wolken komt mijn moeder terug naar de plaats waar ik, op één been, op mijn rolschaats, volgens haar bevel, ben blijven staan, ik heb niet gedaan alsof er iets anders viel te zien dan er was te zien, ook heb ik er niet bij aan iets anders gedacht, – het is alles door mij gezien zoals het is geweest om door mij te worden onthouden. Tussen de schreeuwende en huilende, tussen de biddende en flauwvallende vrouwen door komt mijn moeder op mij toe, zo lang ik leef komt zij dáár, op dat ogenblik, op mij toe, – haar volle borsten wiegen heen en weer, ik strek mijn armen naar haar uit, ik lach naar haar en zoals ik lach werpt het een echootje tegen het klankbord dat wordt gevormd door de rand van mijn hoed.

Dan bevindt zich tussen haar, die mij nadert, en mij, die door een of andere oorzaak niet in staat is zich te bewegen: de kampcommandant, de kapitein Kenitji Sone met zijn rode kikkerkop, waggelend van de drank, steeds als een van zijn voeten de aarde raakt springt er een rinkelgeluid uit zijn laars. Hij heft zijn stok naar mijn moeder op en ik hoor het zoefgeluid dat die stok veroorzaakt in de lucht voordat hij zo hard op mijn moeder neerkomt dat ik denk dat ze met die ene klap in tweeën is geslagen. Andere Jappen komen toegesneld, rood en kwakend als hun leider, en beginnen met wat voor wapens ook eveneens op mijn moeder in te slaan, ik hoor haar schreeuwen, het gebeurt op minder dan vijf meter van mij vandaan, – ik kan mijn voeten niet bewegen.

Alweer: niet gebeurt er 'iets anders' en niet is er 'iets anders' in mijn gedachten dan:

de kleren worden mijn moeder van het lichaam gescheurd, – zij draagt de bloemetjesjurk van mijn dode grootmoeder, zij draagt een grote met baleinen verstevigde bustehouder en deze puilt aan haar uit als ik nooit een bustehouder heb zien uitpuilen of in later jaren nog zou zien uitpuilen. Kòn ik nu maar aan iets anders denken, waarom schiet mij nu niet iets geks te binnen, – bij voorbeeld: 'Is het een feit dat een geit...' Ook de bustehouder verdwijnt van mijn moeders lichaam, zodat de rijst, waarmee zij het kledingstuk met handen tegelijk heeft volgepropt in een golf, die ritselt, van haar afvalt, en zij borstenloos is zoals tevoren. Hierna zie ik een tweede bui rijstkorrels tussen haar voeten vallen, – ook in haar onderbroek heeft mijn moeder kilo's rijst verzameld, de korrels springen in alle richtingen over het asfalt weg.

Nee, nu valt er voorlopig niets meer te lachen.

'Deze beroerde jaren', – met dit simpele understatement zou mijn moeder enige maanden later in de brief aan haar man haar kampleven omschrijven.

Veel later zou ze mij vertellen dat ze die rijst *voor mij* had gestolen, omdat ik het laatste was dat zij ten slotte nog bezat.

Wat moet ik aan met mijn 'kamp-syndroom' dat bestaat uit wroegingen, die ik probeer te verdrijven door mijzelf klappen in het gezicht te geven, steeds als mij, onverwacht, filmbeelden uit mijn leven in dat kamp voor ogen komen?

Ook dit filmbeeld moet mijn moeder hebben gezien op het ogenblik dat zij stierf, – van ons tweeën ben ik het nu die het blijft verderdragen tot het ogenblik van mijn eigen dood.

Vol van genade, de Heer is met u, gij zijt de gezegende onder alle vrouwen en gezegend is de vrucht van uw schoot... Rèkketèkketèk! Daar gaat de rozenkrans van mijn grootmoeder, die mijn moeder als een ketting om haar nek draagt, – de zwarte kralen kaatsen weg en zijn in de gloed van het vuur zo rood als alle rijstkorrels.

Bidden, – neen, ik heb nooit geweten en nooit begrepen wat dat is, tenzij ik altijd heb geweten en begrepen dat het nonsens is, al zijn vele gebedswoorden van een aangrijpende schoonheid, vergelijkbaar met woorden als 'Seresta Forte', 'Eldopal Retard', 'Pyridoxine Labaz' en 'Mogadon'.

Het is of de Jappen met hun wapens bezig zijn mijn moeder door het asfalt heen in de grond te slaan. Sone persoonlijk trapt haar met zijn laarzen die rinkelen alsof er belletjes aan zitten tussen haar benen, en ik persoonlijk ben daar getuige van. Pas op, Sone, ik ben die kleuter in de menigte en mijn ogen puilen van het kijken. Ik persoonlijk, meneer Sone, zoon van de zon, zal uw dood beschrijven in drie haiku, dit is drie maal: vijf lettergrepen, zeven lettergrepen, vijf lettergrepen, – méér lettergrepen zal ik niet nodig hebben om uw nagedachtenis in mootjes te hakken. Ik kan lezen, en weldra kan ik ook schrijven, opeens draagt u een boord van bloed, mogen de vliegen u halen.

Mijn moeder bloedt, daar waar ik met mijn kop als een straatklinker uit haar ben opgedoemd, – ik voel haar pijn tussen mijn eigen benen, alsof ikzelf op die plaats een stoot met een bajonet krijg, de wonden van mijn moeder moeten met een gebogen naald worden gehecht.

Van al deze herinneringen komt mij dit voor als het verschrikkelijkste detail: – in het haar op de buik van mijn moeder blijven een paar rijstkorrels vastzitten, de Jappen lachen als Sone probeert die korrels van haar af te trappen.

Pas op, Sone, daar rolt je kop in de modder, zo rood als de bol op de Japanse vlag.

Koningin van de engelen. Koningin van de aartsvaders. Koningin van de profeten. Koningin van de apostelen. Koningin van de martelaren. Koningin van de belijders. Koningin van de maagden. Koningin van alle heiligen. Koningin zonder erfsmet ontvangen. Koningin van de allerheiligste rozenkrans. Koningin van Atlantis. Bid voor ons. Spaar ons. Ontferm u over ons. Hoor ons. Verhoor ons. Ontferm u over ons.

Geboekstaafd is: 'Mijn moeder was de mooiste moeder, op dat moment hield ik op van haar te houden.'

Vanaf dat moment ben ik verdwaald. Mijn afkeer van het leven en mijn verlangen om er niet te zijn. Vanaf dat moment weet ik dat ik verder, voortaan, altijd het liefst alleen zou wensen te zijn, zonder mij aan iemand of iets te hoeven binden, want ik wil niet zien hoe mijn liefde en de schoonheid die ik koester worden verwoest of beschadigd. Ik dacht op dat moment: nu wil ik een andere moeder want deze is kapot, – zoals ik decenniën later, staande bij de tafel waar men bezig was de beschadigingen aan het lichaam van mijn lieve mooie vrouw met een sikkelvormige naald te herstellen, dacht: nu wil ik een andere vrouw.

Liza!

(Dat ik soms, de dagen na het overlijden van mijn moeder, de hoorn van het telefoontoestel tegen mijn gulp drukte en het rood mij achter de ogen kwam, schreeuwend:

'Kwaak kwaak!')

Wij zullen elkaar niet in de steek laten, hè mama? Hè? Hè mama?

Dit denk ik, terwijl ik nog altijd sta waar mijn moeder heeft gezegd dat ik moest blijven staan, al wil ik best met gespreide armen naar haar toe vliegen, bommen werpend, broembroem, tèts! tèts!, het glas van mijn cockpit bespattend met bloed, mijn moeders eigen Daantje op wie zij *trots* kan zijn, zijn hoed dient hem tot aureool: heilig, driewerf heilig is hij, Daantje de schrijver, Daantje die niet meer lachen kan.

Maar mijn ene voet is zwaarder dan de andere: zo ontilbaar zwaar dat ik niet weg kom van de plaats waar ik al uren sta, eerst in de zon en daarna tussen brandende huizen.

Geen wonder ook: mijn rolschaats is in het gesmolten asfalt verzonken en daarin onwrikbaar vast geraakt zodat de hele wereld aan mijn rechtervoet hangt.

Onbeweeglijk moet ik blijven staan toekijken, terwijl mijn gezicht van mij afdruipt van het huilen dat ik doe.

In de bossen dicht bij mijn huis, waar ik na urenlang rondrijden was terechtgekomen, stond ik tussen de alles omhullende waden van spinrag in de mist, – niet onbeweeglijk: ik beefde over mijn hele lichaam, mijn knieën, mijn kaken, vooral mijn handen, zelfs de huid van mijn schedeldak leek te beven.

Ik stond diep tussen de bomen, ver van de bospaden en -weggetjes vandaan, die ik had verlaten zonder mij te oriënteren, of mij er rekenschap van te geven waar ik liep, – ik was terechtgekomen bij een bosmeer. Het water daarvan was zwart, maar op het midden dreef een eiland bros geworden ijs dat bezig was weer water te worden. Van de bomen op de andere oever kon ik de onderkanten niet zien, daar had de mist zich opgestapeld tot standbeelden en grafkapellen. Alles was decor, of werd decor, – niets bewoog voor wie niet goed keek, en niets was te horen voor wie niet goed luisterde. Maar door het zogenaamd roerloze water gingen kleine rimpelingen, die ogenschijnlijk zomaar ontstonden: de bijna niet te onderkennen vochtigheid die neerdaalde raakte behalve het water ook mij aan, mijn gezicht en het haar dat mij nog rest. En wat te horen viel, was een dieptonig van heel ver komend niet-geluid of on-geluid, als veroorzaakt in 'de tijd', of in 'de geschiedenis', alsof ergens in die bestaande-onbestaande geestenwereld een octaaf werd aangeslagen.

Dit was de goede plaats om helemaal alleen, met mijn voeten weggezakt in natte rottende bladeren, de vernietiging van het lichaam van mijn moeder te gedenken.

Naar het paradijs geleiden haar de engelen.

Dat paradijs moet mijn moeder zich hebben voorgesteld als 'tempo dahoeloe': de goede oude kolonialistische tijd in het 'Indië' van vóór de inval van de Japanners, – wij hadden een huis in de stad en wij hadden een huis in de bergen, mijn moeder was de eeuwige jeugd en de eeuwige schoonheid, en haar man was tamelijk welgesteld, wij hielden er in beide huizen een bediendenschaar op na, wij hadden ons eigen zwembad, wij hadden een auto, wij hadden een filmcamera. Wat er allemaal van over is, staat op de filmpjes die toen zijn gemaakt, maar die filmpjes konden op de gemoderniseerde en veranderde apparatuur van de jaren na 'tempo dahoeloe', welke apparatuur overwegend van Japanse makelij is, niet worden afgedraaid zodat de vastgelegde beelden voorgoed werden vergeten, alsof ze niet zijn vastgelegd.

Mogen, bij uw aankomst, de martelaren u ontvangen en u geleiden naar de heilige stad. Het koor der engelen ontvange u, en moogt gij bezitten de eeuwige rust. Æternam habeas requiem.

Om precies 15.00 uur, toen mijn moeder aan de andere kant van het land, honderden kilometers verderop, als een diamant in de vlammen tot gruis verging, zoog ik mijn longen vol mist.

Ik zei: 'Ketemoe lagi, mama', heb het goed, wees gelukkig.

Ik heb hierbij, als vanouds, geglimlacht, en heb mij er bij voorgesteld dat mijn moeder, waar zij ook was, meevlottend in de stroom van zielen, mij hoorde en dat ook zij glimlachte,

zoals zij,

mijn moedige moeder, vriendelijke pelikaan, ondanks haar pijn en het bloed dat van haar lichaam droop, naar mij glimlachte toen ik, eindelijk mijzelf van de rolschaats bevrijd, bij haar op het gloeiende asfalt neerhurkte, – in een epicentrum van de wereldgeschiedenis, Augustus 1945. Ik wilde wel met doekjes, water en odeur haar reinigen en verfrissen. Bereid was ik, het kostbaarste dat ik bezat, mijn Daantje-boek, te ruilen voor een spatje water, en het op één na kostbaarste dat ik bezat, mijn hoed, te ruilen voor wàtookmaar, zalf, olie, een rolletje verband, – maar niemand bezat meer iets dat minstens zo kostbaar werd geacht als een kapotbeduimeld kinderboekje en een versleten, smerige en stinkende tropenhelm. Met mijn hoed heb ik mijn moeder koelte toegewaaierd en ik heb haar kaalgeschoren hoofd gestreeld. Ik ben bij haar blijven waken na eerst de resten van haar bloemetjesjurk, haar bustehouder en haar onderbroek te hebben verzameld, – de resten van de rozenkrans heb ik laten liggen. 'Jij gaat niet dood, hè mama?' 'Welnee, jongetje...' En toen heb ik, om te doen alsof er iets ànders aan de hand was dan er aan de hand was, en om mijn moeder taferelen voor te toveren die minder verschrikkelijk waren dan de taferelen waarvan wijzelf deel uitmaakten, voorgelezen uit mijn boek. Ik had daar geen licht voor nodig, al hing de gloed van het vuur als een rood waas over de bladzijden, – ik kende het boek volledig van buiten. 'Daantje gaat op reis.' 'Geschreven door Leonard Roggeveen.' 'Stap-stap-stap. Daar gaat Daantje.' Waar een bladzijde ontbrak, fantaseerde ik de gebeurtenissen zelf, – zoals het een schrijver in spe betaamt. Bij het pro forma omslaan van een van de bladzijden viel de foto van mijn vader op het lichaam van mijn moeder. 'Mijn liefste Sjoekie, Ofschoon ik dagelijks bad met de kleintjes voor 't Lieve Vrouwke voor de behouden thuiskomst van Pappie en nu is ook ons gebed verhoord. We mogen zeker dankbaar zijn...'

Tabé mama, – ik ben intussen ver gevorderd met mijn lectuur. Alleen de door mijzelf geschreven boeken, die lees ik nooit meer nadat ze eenmaal zijn verschenen: wat ik heb geschreven hoeft niet langer door mij te worden onthouden. Ga jij nu weg uit mij, – ook jou hoef ik niet langer te onthouden. Ik ben 'niet lief', ik ben 'hard' en 'bitter', ik ben 'gevoelloos'. Ik ben ziek van levenshaat, mensenhaat, vrouwenhaat. Ik ben ziek van angst. Men is met mij verkeerd verbonden. Hoor mij. Verhoor mij. Bid voor mij. Ontferm u over mij.

Ketemoe lagi.

Toen ik om 15.00 uur mijn horloge, dat ik in de stilte kon horen tikken, voor mijn gezicht bracht en ik vol mist stroomde en mij indacht hoe het lichaam van mijn moeder weer werd wat het twee- à drieënzeventig jaar tevoren ook al was, – 'hetzelfde' en gelijkertijd 'niet-hetzelfde', zo is de wereld gecomponeerd, – toen gebeurde er:

Niets.

Niet verscheen opeens aan mij een vrouwtjeshert met gouden ogen, staande tussen de standbeelden en grafkapellen van mist aan de overkant van het water, of streek er een zwerm zwarte vogels neer die voor mij zongen met de stem van mijn moeder en mij een boodschap van haar brachten, nog niet een dennenaald viel in het water om daar op een bepaalde manier rond te drijven, zo, dat in het dunne waterspoor een toverwoord zou zijn te lezen, bij het hardop uitspreken waarvan mijn ziel gezond zou worden.

Niet ging opeens de wind voorbij die van elders kwam en onderweg was naar elders.

Niet braken de tralies van alle spinnewebben, niet opeens was de mist verdwenen, niet hield de vochtigheid op met vallen, en ook niet werden in de broeierigheid van rottende bladeren waarin ik stond de duizenden kikkereitjes en vliegeëitjes niet gelegd voor als het straks weer mei en zomer is.

Ik dacht, maar zonder iets te voelen:

'In het crematorium Eikelenburg, Eikelenburglaan 7 te Rijswijk, om 3 uur. Na de crematie gelegenheid tot condoleren in de ontvangkamer van het crematorium.'

'De vele bewijzen van hartelijke belangstelling na het overlijden van onze lieve moeder hebben ons diep getroffen. Wij willen U hiervoor oprecht bedanken.'

In de mist. Over de helft van mijn leven, vlak voor de pauze. Met bevende hand geschreven:

Niet ook, zoals ik hartstochtelijk stond te verlangen, trad, nu mijn moeder in de coulissen verdween, Liza uit de coulissen tevoorschijn, gekleed in het eendere teder blauw als mijn moeder droeg op haar laatste reis en waardoorheen ik Liza's lieflijke lichaam kon zien, en het goud van haar lichaam waar dit goud vertoonde, en het diamant van haar lichaam, en het bezonken rood van haar lichaam waar ik weet dat dit bezonken rood is. Morgenster. Heil van de zieken. Troosteres van de bedroefden.

Dat ik mijn voeten zou lostrekken uit de zuigende grond en haar tegemoet zou gaan, tingeling-stap-tingeling, alsof er niet jaren voorbij waren, alsof er niet van alles was gebeurd, alsof de dingen niet al definitief hun plaatsen hadden gekregen en er nog van alles zou kunnen gebeuren. Kom, hand in hand, in onze praalgewaden van zijde, kant en hermelijn vormen wij het middelpunt van een feestelijke stoet, wij lopen over zachte tapijten, wij gaan door erepoorten en triomfbogen, wij worden met bloemen bestrooid, – naar het paradijs geleiden ons de engelen.

Och Liza. Dag Liza.

Keer toch terug, mijn ziel, tot uw rust.

Dat zij glimlachend voor mij zou neerknielen om met zachte vingers mijn kleren te openen en om mij dan met haar mond, met haar tong, met haar handen, met strelingen van haar zachte haar, met zoete praatjes, met zachtbezwerend neuriën, met ach –

Maak het eelt zacht dat mijn lichaam overwoekert.

Ik ben naar huis gereden, ik ben aan mijn werktafel gaan zitten om zogenaamd onaangeraakt, onaangedaan, onverstoord, het werken aan mijn boek over zelfmoord in de Nederlandstalige literatuur, dat ik onder handen had, te hervatten. Maar ik kon niet kijken, zo was mijn gezicht bezig in papperige fragmenten van mij af te druipen, de huid van mijn voorhoofd zakte in mijn ogen, de huid van mijn neus en wangen viel als een of andere smeltende substantie op de papieren die voor mij op het tafelblad lagen: het hoofdstuk over de zelfmoordcasus van de schrijver Jacob Hiegentlich. In de marge van dit manuscript staat: 26.1. Ger Verrips op bezoek. Drie bladzijden verder: 27.1.81. Mijn moeder is dood. Het hoofdstuk over Hiegentlich die, net als ik, op een dertigste april werd geboren, en zelfmoord beging in mijn geboortejaar, het oorlogsjaar 1940, eindigt met deze zinnen:

'Als Hiegentlich de oorlog zou hebben overleefd en op maandag 30 April 1945 zijn achtendertigste verjaardag had kunnen vieren, dan zou hij hebben vernomen dat op die dag om half vier 's middags Hitler zichzelf met een revolverschot het leven had benomen.

Ik werd op die dag vijf jaar, – zonder nog weet te hebben van Hiegentlich, wel al van Hitler en ook al van dood.'

Om mij uit mijzelf weg te leiden, om mijn angst met mistproppen toe te dekken en af te schermen, begon ik jenever te drinken.

Bevend slaagde ik er nog in, jenever in een waterglas te gieten, maar niet slaagde ik erin dat glas vervolgens naar mijn mond te tillen zonder dat de volledige inhoud over de rand ervan zou wegklotsen. Ik moest, om het beven van mijn hand te beteugelen, een uit de keuken gehaalde droogdoek om mijn nek hangen en de duim van de hand waarmee het glas moest worden omklemd en opgeheven door het lusje steken, waaraan de doek aan het haakje had gehangen. Door nu met mijn andere hand het andere einde van de doek langs mijn nek omlaag te trekken, lukte het mij de hand met het glas naar mijn mond omhoog te takelen en zonder al te veel gemors de eerste slokken te nemen. Toen die eenmaal de huig waren gepasseerd was het beven spoorslags over en kon het heffen van het glas verder zonder hulpmiddel blijven plaatsvinden.

Om mij heen was het veilige huis, dat misschien het huis is waarin ik eerlang zal sterven, in deze zelfde stoel, aan deze zelfde werktafel. Elders in het huis was mijn vrouw bezig met het dochtertje. Niets bestaat dat niet iets anders aanraakt, maar wat moet ik ermee aan, – wat gaat mij het aan? Wat moet ik voelen? Op de televisie was 'Telebingo 11'. 'Spel- en amusementsprogramma ten bate van goede doelen. Hoofdprijs: een auto. Introductie van bekende personen die op de knoppen willen drukken en top-artiesten uit binnen- en buitenland. Presentatie: Mies Bouwman'. Om het huis stonden de bomen, struiken en heggen in mijn tuin, als zetstukken tussen mij en de wereld. Dit decor mag nooit gaan wandelen. Huis en tuin lagen onder een stolp van mist, – in het raam van mijn werkkamer zag ik mijzelf weerspiegeld, alsof ik mij buiten in de mist bevond, uit mijzelf en mijn angsten weggeleid, mijzelf in de ogen kijkend.

Hoe laat in de nacht of het is.

Ik hoorde mijn polshorloge tikken. Het is er een van het merk Certina. Automatic. Club 2000. Swiss made. Het is er een dat niet hoeft te worden opgewonden zolang men het aan de pols blijft dragen en zolang de polsslagader klopt. Het is er een met een kalendertje.

Later begon het te waaien, en ontstonden er waterdruppels tegen de buitenkant van het raam, die langzaam over het glas begonnen te schuiven, zodat er tussen mij en mijn andere ik een webachtig traliemotief ontstond en ik mijn gezicht in de mist in vloeibaarheid zag ontbinden.

'Louwhoek', Exel
30 januari – 2 mei 1981

Van Jeroen Brouwers verschenen:

Romans

1967 *Joris Ockeloen en het wachten*
1977 *Zonsopgangen boven zee*
1979 *Het verzonkene*
1981 *Bezonken rood*
1984 *Winterlicht*
1988 *De zondvloed*
1990 *Zomervlucht*
2000 *Geheime kamers*
2007 *Datumloze dagen*
2010 *Bittere bloemen*
2014 *Het hout*

Verhalen

1964 *Het mes op de keel*
1968 *De toteltuin*
1973 *Zonder trommels en trompetten*
1977 *Klein leed*
1981 *Et in Arcadia ego*
1983 *Verhalen en levensberichten*
1985 *De sprong*
1991 *Anaïs Anaïs*
1996 *De vervulling*
1997 *De zondvloed (uitgegumde fragmenten)*
1998 *De verliefden*
1999 *Kalenders*
2000 *Op de Middelburgse kermis*

2001 *Palingen*
2003 *Het leven, de dood*
2005 *Warme herfst*
2010 *Liefste in de verte*

Drama

1980 *Zonder onderschriften*
1994 *De vervulling* gevolgd door *De kleine dood*
2009 *Een nieuw requiem*
2011 *BDE (bijna-doodervaring)*

Essays

1979 *Kladboek*
1979 *De nieuwe Revisor*
1980 *Kladboek 2. De Bierkaai*
1982 *De spoken van Godfried Bomans*
1982 *Alleen voor Vlamingen*
1982 *Es ergo sum*
1983 *De laatste deur*
1985 *De levende stilte van Stig Dagerman*
1986 *Hélène Swarth: haar huwelijk met Frits Lapidoth, 1894-1910*
1987 *De schemerlamp van Hélène Swarth*
1988 *Sire, er zijn geen Belgen*
1989 *De versierde dood*
1989 *Het tuurtouw*
1991 *Kladboek 3. Het vliegenboek*
1993 *'Naakt in verblindend licht'*
1993 *Twee verwoeste levens*
1994 *Steeds dezelfde zon*

1994 *Kladboek 4. Het circus der eenzaamheid*
1994 *Vlaamse leeuwen*
1995 *Oefeningen in nergens bijhoren. De schrijver en filosoof Jean Améry 1912-1978*
1995 *Adolf & Eva & de Dood*
1996 *Het aardigste volk ter wereld. W.F. Hermans in Brussel*
1996 *Kilometer(s)*
1997 *De rode telefoon*
1998 *Een beroemde naamgenoot*
1999 *De zwarte zon*
2000 *Utopia*
2001 *Wie begrijpt ooit wat?*

Feuilletons

1996 *Feuilletons*
1996 *Extra Edietzie* (Feuilletons herfst 1996)
1997 *Satans potlood* (Feuilletons zomer 1997)
1998 *Alles is iets* (Feuilletons lente 1998)
1998 *Terug thuis* (Feuilletons winter 1998)
2001 *Papieren Levens* (Feuilletons 6)
2005 *De schemer daalt* (Feuilletons 7)
2009 *Sisyphus' bakens* (Feuilletons 8)
2012 *Restletsels* (Feuilletons 9)

Autobiografie

1969 *Groetjes uit Brussel*
1978 *Mijn Vlaamse jaren*
1987 *Kroniek van een karakter. Deel 1 (1976-1981) 'De Achterhoek'*

1987 *Kroniek van een karakter. Deel 2 (1982-1986) 'De oude Faust'*
1987 *Miniatuur van wanhoop*
1993 *Het is niets*
1997 *In memoriam patris*
1999 *Al dat papier*
2004 *Stoffer & blik*
2005 *In het midden van de reis door mijn leven*
2007 *Correspondentie 1980-1986*
(correspondentie met Gerrit Komrij)

Bloemlezingen

1975 *Zachtjes knetteren de letteren. Literaire anekdoten*
1986 *Hij is reeds aan de overzijde. Necrologieën van schrijvers*
2001 *Zachtjes knetteren de letteren. Literaire anekdoten* – herziene & uitgebreide editie

Verzamelboeken

2010 *De Indiëromans*
2010 *Hamerstukken. Alle polemieken en korzeligheden*
2010 *De jaargetijden. Twee romans en twee verhalen*
2011 *Gezichten, gestalten. Schrijversportretten*

Over Jeroen Brouwers

2000 Gwennie Debergh (red.), *Brouwers in Brussel*
2005 Johan Vandenbroucke, *Jeroen Brouwers. Het verhaal van een œuvre.* (Schrijversprentenboek 54)
2010 Jeroen Brouwers 70 jaar. *De Parelduiker* 1-2